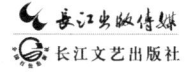

山火

秦立彦 著

长江文艺出版社

秦立彦

诗人,译者,现任教于北京大学中文系。美国圣地亚哥加州大学比较文学博士,北京大学硕士、学士。出版有诗集《各自的世界》《可以幸福的时刻》《地铁里的博尔赫斯》,译有《我孤独地漫游,如一朵云——华兹华斯抒情诗选》《华兹华斯叙事诗选》等,并有学术专著《理想世界及其裂隙——华兹华斯叙事诗研究》等。曾获人民文学奖、丁玲文学奖、李叔同国际诗歌奖提名奖。

目 录

关于身体的想象 / 001

树人 / 002

杨树的眼睛 / 003

一生的选择 / 004

写诗的人们 / 005

卡瓦菲斯 / 006

旧的电子邮箱 / 007

迎春花 / 008

韩愈和我们 / 009

痛点 / 010

蜜蜂 / 011

那一刻我忽然发觉 / 012

花朵的事 / 013

月亮的变化 / 014

不可穷尽的树林 / 015

走路的时候 / 017

山火 / 018

散开 / 019

林中入夜 / 020

失眠 / 021

正午的蛛网 / 022

蝉鸣 / 023

等一场大雨 / 024

不带手机出门 / 025

关于猫的事 / 026

猫的身体 / 027

博尔赫斯的猫 / 028

猫需要人的抚摸 / 029

室友 / 030

怜悯 / 032

夜晚我再次走过那片树林 / 033

写诗者 / 034

秋夜 / 035

生命是一个任务 / 036

一朵栀子花 / 037

当代英雄 / 038

秋花 / 039

无法释怀之物 / 040

落叶 / 041

吹萨克斯的人 / 042

维持 / 043

读庄子 / 044

读米沃什的童年 / 045

缓慢之物 / 047

赌注 / 048

南国 / 050

一切都是可以承受的 / 052

词语 / 053

秋天的仪式 / 054

故宫苏轼展 / 055

岩石 / 056

故宫有感 / 057

雪莱的手稿 / 059

梵高 / 061

明天的第一场雪来临之前 / 062

假狗 / 063

小寒 / 064

无奈的人 / 065

雪人 / 066

看日出 / 067

在江源 / 068

家庭劳动者 / 069

林黛玉的结局 / 071

填表格 / 072

完美的一天 / 073

拉丁语 / 075

诗人的妻子 / 076

给女孩子们的忠告 / 077

作为艺术家的神 / 078

地铁里哭泣的女子 / 080

唱歌的树 / 082

共同的作品 / 083

冬日 / 084

树的启示 / 085

预感 / 086

锚 / 087

自救 / 088

视角 / 089

罪感 / 090

我需要一首诗 / 091

希望 / 092

手 / 093

抓住当下 / 094

暗河 / 095

石笋 / 096

深山音乐会 / 098

布景 / 099

作为风景的长城 / 100

我们在冬天 / 101

冬天的雨 / 102

生命的宝贵，与不宝贵 / 103

不幸的事 / 105

流言 / 106

白天的月亮 / 107

命运之有无 / 108

夜空 / 109

未来一瞥 / 110

像小鸟一样活着 / 111

医院 / 112

同类 / 113

种豆南山下 / 114

春日 / 115

昨夜的风 / 116

地球不需要支撑 / 117

频道 / 118

如果没有诗来找我 / 119

烂柯记 / 121

猫的动作四种 / 122

冬夜行 / 123

幻听 / 124

与花朵同时 / 126

灯光 / 127

不夜的河 / 128

内在景观 / 129

冬天在昨夜来临 / 130

堵车 / 132

外婆 / 133

北方的立春 / 135

公平 / 136

小天鹅 / 137

冰初解 / 138

湖上的脚印 / 139

新的叶子 / 140

校园 / 141

战争 / 142

我又需要看陶渊明了 / 143

蘑菇 / 144

流沙 / 145

与手机共生 / 146

蝉在春天 / 148

窗口 / 149

我羡慕风 / 150

诸神 / 151

梦中 / 152

去山中 / 154

春雨 / 155

绝对安全 / 156

生活雕刻我们 / 157

南极石 / 158

晚高峰的桃花 / 159

寻找 / 160

在人们一起艰难的时候 / 161

散忧 / 163

多艰 / 164

起风的时候 / 165

就像战士需要一个敌人 / 166

布偶 / 167

郊区 / 168

之前 / 169

无忧无虑者 / 170

燕子 / 171

幸而是春天 / 172

翻转 / 173

新月 / 174

桃花源的桃花 / 175

平衡 / 176

元大都城墙 / 177

夜里十一点 / 178

暮鸟 / 179

无尽夏 / 180

竹笋 / 181

外卖小哥的晚饭 / 182

一株蜀葵 / 183

放逐之地 / 184

哀屈原 / 185

如果屈原知道 / 186

新闻 / 187

宰予 / 188

蝴蝶 / 189

另一种视角 / 191

夏天的麻雀 / 192

生活压低我们的头 / 194

在史书的缝隙里 / 195

咕噜咕噜的猫 / 196

每一个日子只与我们相遇一次 / 197

雨的迷宫 / 198

最早的蝉 / 199

夏日黄昏 / 200

天不会塌下来 / 201

遇见月亮 / 202

雨后 / 203

海上仙山 / 204

雨中的树林 / 205

山中夏日 / 206

深夜之城 / 207

日落时刻 / 208

珠颈斑鸠的项链 / 209

谜语 / 210

大雨之前 / 211

绿湖 / 212

变奏 / 213

后湖的一朵荷花 / 214

新的公园 / 215

酷暑 / 216

夜晚的河 / 217

影 / 218

傍晚 / 219

与一颗星对视 / 220

遇到一只蝴蝶的时候 / 221

逐日 / 223

隔离 / 224

秋天的云 / 225

深夜在小区走路 / 226

羁绊 / 227

一种群居生物 / 228

初秋 / 229

彩虹 / 230

山声 / 231

凝视 / 232

后记:隐秘的欢乐 / 234

关于身体的想象

有时,我想象我的身体是一匹马,
而我是骑手。
我们日夜奔驰在路上。
在每一个驿站我喂它吃草,
对它说话,梳理它的鬃毛。
我们离不开彼此,
我们共同渴望着远方。

有时,我想象我的身体是无数忙碌的细胞,
有各自的生命,
组成村落,城市,大大小小的国。
它们把生命交托给我。
它们不知道灵魂,
只希望能一直忙碌,一直活着。

树　人

狮身人面，半人半马。
也许将来会有一个新的物种，
是树与人的结合，
生满了枝叶的人。

他像树一样以阳光为食物。
他拿起杯子，
浇灌自己。

他不需吃掉别的生物，
自己才能活着。
他没有罪恶感，
也不会被饥饿啃啮。

我看见他在阳光下行走，
一边整理着自己的叶子，
每一片都闪着光。
他站着的时候，
一只鸟飞来，落在他头上。

杨树的眼睛

我看着春天的杨树,
它们也看着我。

它们睁着许多眼睛,
面向四方。
那是它们一次次断臂后留下的伤痕。

有的眼睛凌厉,有的柔和,
有的惊诧,有的困倦。

它们看见一个又一个春天,
后来是霜雪,
看见不同的人经过身旁。

我走在杨树林里,
被许多眼睛注视,
知道它们在自己身后,
默默交换着意味深长的目光。

一生的选择

就像一个孩子,
手里紧握着一枚金币,
他唯一的一枚。
而集市上摆着那么多物品,
他怕自己买错了,
怕明天会后悔。

我们握着自己唯一的生命,
想着应该把它掷向哪里,
就像是贫困的赌徒。
我们寻找,我们犹豫,
在这过程中,
我们的金币已经变小了。

其实值得做的事并没有那么多。
然而人们常常掷出自己,
换得一些赝品,换得泡沫。

写诗的人们

我想象有一堆不中断的火,
一群人是添火者。
有人休息的时候,
有人恰好清醒,
有人离开的时候,
有人到来,
使那火不会是无人照料的。

他们添进去自己的一部分,
童年,故乡,太阳,眼泪。
火焰发出蓝的光,白的光。
每个人都是不同的,
一个人无法取代另一个人。

仿佛是同一种诱惑,
吸引他们来到这里,
投入这奇特的劳动。
来的路上,有的人仍在抗拒。
然后,他们找到了那堆火和彼此。

卡瓦菲斯

三十年默默的小职员。
每天上班,下班,沿着同一条路线,
一天天变老,
那不变之中唯一的变数。

然而这只是他的一个面具。
他是地中海许多王国与帝国的歌者,
携带着它们的光荣和废墟。
邻人们以为他是一个邻人。
当他在楼梯口出现,他们不知道,
他正驶向伊萨卡,
或者坐在宙斯身边。

他在地中海上空飞翔,
当他的身体在办公桌前写着文书,
像蝉蜕一样。
他俯瞰那些王国与帝国的时候,
有时也看到桌前的自己,
同情会攫住他,
然后他向更高更远处飞去。

旧的电子邮箱

我忽然想起自己有几个旧的电子邮箱,
密码已经忘记。
里面还堆满生尘的邮件,
或许有新的广告投进来,
或许偶尔有一封探问的信,
如同抛入大海的石子,
听不到回声。

再过一百年,
我们会留下多少电子邮箱?
每一个都挂着生了锈的锁。
我想象它们堆积在旷野,
一眼望不到边。

还有无数不再更新的微博,微信,
并不消失,然而失去了体温,
仿佛太空中飘浮的飞船碎片。

迎春花

哪怕是在雾霾里,
在刚刚下过一场雪的日子,
在水泥的马路边,
隆隆的车声之中,

它们依然开放,
仿佛一盏盏灿烂的灯。

它们只有一个执着,
就是抓住永恒中这属于自己的一瞬。
它们把全部的热情都贯注于此。

万千未开的花蕾,
如同搭在弦上的箭,
不能不发。

否则,过去一年的沉默是为了什么,
为什么要忍耐寒冬和别的一切。

韩愈和我们

韩愈不到四十岁的时候,
说自己"视茫茫,发苍苍,齿牙动摇"。

我们六十岁会那样。
然而那多出来的二十年去了哪里?

我们的电灯从黑夜里夺取的时间,
飞机和高铁节省下来的时间,
都去了哪里?

许多老虎无声地吃掉了它们,
韩愈不知道的一些野兽。

他们是树,是石。
而我们涣散了,
像炊烟,像一汪无法聚拢的水。

他们的船在波涛中冲上高峰,冲进低谷。
我们站在岸边,
羡慕地看着他们。
我们的悲与喜也是涣散的,
我们迅速捕捉一切,又迅速忘记。

痛　点

我们的身体是一块物质。
像所有的物质一样，
它是会朽坏的。
它需要保养，
像一辆无法更换的汽车，
每个零件都可能发生故障。
当它无声运转的时候，
我们几乎忘记它的存在，
以为自己是自由的。
而当一个痛点在牙齿，手指，
我们内部不知何处的某处出现，
那个点就发出尖锐的呼叫之声，
就扩大为一座高山，遮挡住我们的目光。

蜜　蜂

蜜蜂总能找到花朵，
它们也在等待着它。

它被花朵吸引，
仿佛一个鉴赏家，
偏爱明丽的色彩，
绸缎的质地。

当它在一朵花中劳动的时候，
那朵花就是它的整个世界。

它从花那里采撷的，
是花送给它的。
它飞走的时候，
花的希望生出了双翅。
它不知道自己是花的臣仆。

那一刻我忽然发觉

那一刻我忽然发觉有不间断的鸟鸣,
它们与市声混杂在一起,
但在那一刻剥离。
仿佛我的耳朵忽然打开,像打开了一扇窗,
仿佛它们不再是一种模糊的背景音,
不再弥散在空气里,像盐化在水里,
而是升起在背景之上。

我希望有一天,
眼睛的障翳也能这样掉落。
一切像帷幕一样拉开,
露出一个我无法想象的世界。

花朵的事

一只蜜蜂在一朵桃花里忙碌,
身上沾满了花粉。

站在灿烂的桃花林中,
我忽然想到,
有许多花将被蜜蜂错过,
无法结成果实;
有许多果实将落在石头上,水中,
或者被人扫走,
无法长成新的桃树。

面对那样的大概率事件,
花朵将怎样安慰自己?
也许它们会说:
"那是蜜蜂的事,风的事,
而盛开是我们的事。"

月亮的变化

起初它是天空中一团苍白的影子,
仿佛在白的雾中,
而随时会消失。
然后黑暗在天空和大地聚集。
行走的人忽然又看见它,
它已是一团冷的火焰。
它从黑暗中吸取力量,
获得了生命,发出光。
它成了中心,世界的王者,
它面容上的阴影也清晰起来。
此时,一切都不同,
所有的鸟都静默,
人在小路上的脚步声也是不同的。

不可穷尽的树林

一座树林是不可穷尽的。

它当然有边界,
比如那条水泥马路。

但你无法数出它有多少棵树。
有的树仿佛已枯死,
但明年春天也许会复生。
有两棵树拥抱在一起。
有的树刚刚从土壤里出来,
第一次睁开了眼睛。

海棠有时缀满花朵,
有时缀满果实。
果实与花朵没有任何共同之处。

总有一些草木你说不出名字。

从清晨到子夜,
在雨中,在雪中。
夏日的寂静,

深秋落叶纷飞。

还有在林中飞翔的一年一年的鸟。
还有在小径上徘徊的
被时间所改变的人。

走路的时候

仿佛我是一个奇怪的容器,
走着走着,
一些絮状物开始向下沉淀,
从眼睛里,耳朵里,心中,
沉淀到双脚,
渗入大地。

这时我才开始听见,看见。

我看见天空朝东北方向移动,
像万顷波纹的大海在移动。
我听见风在天空之下,
仿佛海面下的涌潮。

三只小鸟站在枝头,
像三片抖动的枯叶,
羽毛上映着金黄的夕照。

山　火

一整天的雨，
以一场山火结束。
一整天没有露面的太阳，
在落到山后的那一刻点燃了山顶。
山与山相连，如同导火索，
然后是大片大片的云，
那最易燃之物。
飞鸟被点燃了翅膀，
天空是蓝与金的海洋。

谁能想到今天会这样结束。
人们在许多窗口远眺，
许多面孔映着火光。

然后人们看金色的云一秒一秒变为藏青，
仿佛熔岩冷却为石。
小片的云散为满天灰烬。

黑夜在四周等待已久，
蓦然落下它沉重的帷幕。

散　开

当时我们一起出发,
大家手拉着手,
仿佛幼儿园里做游戏的孩子,
分不清别人和自己。

一年一年过去。
有一天我们忽然发现,
人们都不见了,
周围这样安静。

有几个人无声地消失于黑夜。
别的人走在了别的路上,
歧路通向更多的歧路,
通向平原,山地,四面八方。

我们散开,
如同遥远的星。
我们的光许多年才抵达彼此,
我们永远无法同时。

林中入夜

树林中的夜不知来自哪里,
仿佛雾从天空沉淀下来,
因为没有风,
一团一团在树下堆积。

花渐渐隐去。
间或有一两声鸟鸣,
是鸟入睡前的碎语。

柳树变成一重重帘幕。
杨树兀立不动,
擎着最高枝上的那片叶子。

我不知道怎样测量黑暗的浓度,
它把一座树林浸满,
需要多长时间。

世界每个夜晚消失一次,
然而人们并不忧虑,
确信一切都将在明天重新出现。

失　眠

那些可羡慕的生物——
猫，孩子，有的成年人，
那么快就入睡。

对世界需要有多大信心，
才能把自己全部交付给黑夜。

我守护着他们的睡眠，
如同警惕的哨兵。
我听见一阵一阵风低声而来，
我听见时间低声流去。

我确证昨夜什么也没有发生，
星辰没有脱离轨道，
山依然在原来的位置。
只除了我的一念一念像飞散的鸟群，
我无法聚拢它们，
也不知它们去向何处。

正午的蛛网

正午的一张蛛网,
挂在花丛之中,
已经有些破旧,需要修补了,
上面陈列着一些微小的尸体。
不醒目,没有声音,
网的主人不在附近,
这是它的生计,它的厨房,
那闲散的渔人,猎人。

四周是热烈的夏天,
红的锦带,金的萱草,金的阳光,
春天的那些花朵正凝聚为果实。

蝉 鸣

看不见一只蝉，
但天地间充满了它们的嘶鸣，
织成一张密密的震颤的网。

那声音里是喜悦，
因为在黑暗的泥土里长久蛰伏之后，
它们终于见到天光，终于生出翅膀；
也是焦虑，
因为夏天正迅速过去。

在每一声里，
它们的生命都消耗了一部分。
但它们不知疲倦，不能停止，
仿佛怕一旦停止就会永远沉默，
就像一个人睡了就不再醒来。

它们想用这声音刺穿空间，
留下一个无法弥合的印记。
然而它们身后的空间依然广漠，
因它们的嘶鸣而更加寂静。

等一场大雨

就像等一位可怕的客人,
就像等敌人黑压压的大军。

还是昨天的空气,
但因为预感而绷紧了神经。
树也在等待,
它们将会有很多损失,
失去花朵,失去手指。
鸟守护在自己脆弱的巢边,
蝉声也是焦躁的。

雨正从远方缓缓而来,
推动着它的乌云闪电,
赴这一场约会。
如果它不来,
树们会有些失望吗?

不带手机出门

忽然安静了,
仿佛可以忘记世界,
也被世界忘记。
没有谁看着我,
没有嘈杂的声音追随着。
像一个脱离了线的风筝,
没有人知道我在哪里。
不知道时间,也仿佛被时间忘记。
像我经过的草木一样无名,安全,
像傍晚的鸟在天空不留下脚印。

在手机出现之前人们一直如此,
很难想象那只是不久前的事。

关于猫的事

自从家中有了猫之后,
我知道了许多从前不知道的事。

我知道了猫和人一样温热,
一样地呼吸,
不过它们比人更快入睡,
发出更大的鼾声。

我的猫是买来的,
但现在我无法想象它们被买卖,
就像人不能被买卖,
不能被讨论品种,毛色。

它们不能关在笼子里,
就像人和小鸟不能关在笼子里。
笼子的每一根铁条,
都紧紧勒在它们心上。

它们寻找你,依偎着你,
不论那天你骄傲还是消沉。
这在世间并不常有,
所以不能辜负。

猫的身体

猫是一个复合体,
由一只猫和一条独立的尾巴组成。
有时候,猫睡熟了,
尾巴还醒着,
喜悦地摇摆,
像另一个兴奋的动物。
有时候,猫很激动,
而尾巴保持镇静。

猫仿佛有许多事要说,
但它无法说出人类的语言,
它的脸上无法有人类的表情。
而它的尾巴是善于表达的。
我拍猫的时候,
常常单独拍一拍它的尾巴,
它也辛苦了,愿它也如意。

博尔赫斯的猫

我看见一张老年博尔赫斯的照片,
西装,领带,皮鞋,手杖,
每一个细节都一丝不苟。
他坐在沙发上,
头转向旁边地板上一只白色的猫。
那只猫,
像世界上一切撒娇的猫一样,
正在打滚,
被捕捉到它四脚朝天的样子。
也许他的眼睛已经看不清它,
但他看向它的方向,
听到了它的声音,
他的手做出抚摸的姿势。

那只猫在照片的一角发出温热,
打破了严密的秩序,
和博尔赫斯的一丝不苟。
已经逝去的猫与人。
但那一个固定的瞬间仿佛正在发生,
在我不知道的某处。

猫需要人的抚摸

猫需要人的抚摸,
显然不是因为它想让毛发更加顺滑。

也许它追求的是与另一种生物的亲近,
追求另一个身体的体温,
想象自己仍然是孩子——
哪怕对方是人,
并非自己的同类。

它们在丛林中的时候,
并不抚摸彼此,
也没有这种需要。

仿佛因为生活在人中间,
它们也染上了人的脆弱。

室　友

我们相信，
我们的猫喜欢我们；
它对我们发出呼噜噜的声音，
摩擦我们的手，
因为它辨认出了我们的优点，
它忠诚于我们。

然而也可能是因为寂寞。
那四方形的房间，
充满不属于它的，
与空气同一温度的物品。
它们对它没有回应。

白天，在许多无人的房间里，
有一只猫伏在角落。
房间的重量压在它身上，
照片一样静止的房间。
猫在沉默的物品之中，
影子一般行走。
在它的身体深处，
也许埋着微弱的火星，

——关于密林的记忆。

人是这房间里唯一像它的,
人有时也是寂寞的。

两个生物,两个室友,
谁更需要谁呢?

怜　悯

当我的手抚摸到小猫的身体，
我对我们感到怜悯。

容易吹散的两团热气，
在寒冬，在夜里也要热着。
我们冷却下来的时候，
就是生命离开我们的时候。

小猫听见自己的心跳，
它不知道那是什么声音。
它没有给万物以名字，
它也许没有想到窗前那株开花的树，
就是冬天那赤裸的树。
它对镜中的自己没有兴趣，
它不知道宇宙。

天真保护了它，
它的睡眠是深沉的。
我比它知道了更多，
然而宇宙令我畏惧。

夜晚我再次走过那片树林

夜晚我再次走过那片树林，
忽然觉察到一种异样的沉默，
剧场里热闹的演出之后，
人们都散去的那种沉默。

我想到，是那些蝉，
十天前它们还奋力高歌，
今天没有了声音。

是秋天来了，
带着无形的刀，
那些蝉——陨落，
比秋叶更早凋零。

是它们遇到了自己的严冬，
那一堵无法飞越的墙。

在空荡荡的树林里，
我让自己想象，
明年夏天那些新的歌者，
是它们又一次复活。

写诗者

在战斗的人们中,
他不战斗。
在建筑的人们中,
他不建筑。

他的劳动有时在梦里进行,
而且常常不结果实。

他带着一把琴,
在陌生的土地上行走,
很久也不会遇到一个与他相似的人。

他也许会失去故乡,失去双目。
也许他所侍奉的神,
为了让他专心于侍奉,
使他无法从别处得到满足。

秋　夜

夜深人静的时候，
天空上演着一场宏大的戏剧。
一轮圆月在云海里航行，
穿过云的舰队，一座座冰川，
鱼群，羊群，
有时被它们遮住，
然后又露出它光洁的面孔。
然而当望月的眼睛再看的时候，
看见不动的是月亮，
是那些舰队，冰川，鱼群，羊群，
源源不断地从天边赶来，
从它面前过去，
仿佛来崇拜它，接受它的光辉。
已经这样过去了千里万里的云，
除了月亮，
天空的布景已经全部改换了多次。

生命是一个任务

生命是一个任务,
也仿佛礼物,
因为任务总是交给被信任的人。

像骄傲的士兵,
我们每人领得了自己的一份。
从此我们总能感到一种重量,
有时我们听见天空无声的责备。

我们领得了各种故乡和童年,
各种事件的组合,
像用不同的火检验某种金属。

作为奖励,
每个白日之后我们会得到一个夜晚,
每一年我们会得到一个盛大的春天。

我们期待在最后的时候,
自己能够说:
我一路上穿过了许多风雨,
现在,我把它交还给你。

一朵栀子花

今天早晨,
在那个几乎被遗忘的花盆里,
开了一朵栀子花,只有一朵,
那样小,那样白,
发出那样细的香。
我惭愧于自己的失职,
赶快给它浇水,
把它的面孔转向太阳。

傍晚,我去看那朵栀子花,
然而它不在了。
它的花托如同一只举着的手,
手中空无一物。
花盆旁躺着它的尸体,
那样小,那样白,
依然散发着细的香。
它用绳子抽紧了我的心。
我仿佛听到它坠落的铿然一响,
仿佛一个人从悬崖坠落,
一颗星从天空坠落。
那一刻宇宙震颤了一下,
为这只有一天的生命。

当代英雄

我在书中遇到从前的英雄们,
然而世界变了。

他们要战胜对死亡的恐惧,
我们有时要战胜对生的恐惧。
他们深知自己的使命,
而没有人来告知我们的使命,
寻找它是我们的任务的一部分。
他们置身于敌人的包围,
我们在无物之阵,
被浓雾包围。
他们忍耐鞭笞与枷锁,
我们的皮肤完好,
而在内部携带着看不见的伤痕。

但他们的训诫依然是有用的:
背起自己的重负,
即使一个人走在漫长的路上;
注视鲜花与鲜血,
不逃向梦里,也不投降。

秋 花

秋天其实有很多花朵。
红的、白的月季把自己高高举起,
献给天空。
朝荣正午时并没有熄灭,
在铁的篱笆上,
吹着轻巧的丝绒号角。
一丛丛黄菊,紫苑,大的星,小的星,
蝴蝶在其中翩翩,
一如昨日。
明亮的阳光下,
它们都在自己最好的时候。
它们不介意已经是秋天,
或者不知道已经是秋天。

无法释怀之物

仿佛不肯散去的雾,
它所覆盖的土地,
无法照进阳光。
仿佛河中的一块礁石,
妨碍水流,
被船只所憎恨。
我们各自抱着这样的物体,
仿佛它们是我们的孩子。

如果花朵中隐藏着铁屑,
它们如何开放?
万物自得,
而我们梗在自己的故事中。
时间没有化解它,
但会带走它,
因为时间会带走我们。

落　叶

叶子是一片一片落下的，
脱离树枝的那一瞬没有疼痛，
在空中舞蹈，
落在地面的时候没有破碎，
也没有声音。

一只灰蓝的鸟在水面上掠过，
残荷下的青萍依然完整。

树已经为冬天做好了准备。
只有人听到了落叶的铿然一响，
仿佛惊破了一个梦。
他想到了自己，
仿佛那些落叶是属于他的。
他仿佛看见它们在天地之间雨一般落下，
那些永不会再回到枝头的叶子。

吹萨克斯的人

我看见一个吹萨克斯的人,
在四环立交桥下的一小块草地上,
水泥路面之间那种几平方米的草地。
他站在下水道井盖上,
他的自行车支在旁边。
头上是刚硬的立交桥,
身边是错综的道路,
汽车不间断地隆隆驶过。
那洪流声中夹杂着他萨克斯的声音,
仿佛大海上的一条小船,
有时似乎已被淹没,
下一刻又浮出水面。

如果喜欢萨克斯能去哪里练习呢?
在家中、公园都会有人抗议吧。
我想他应该在旷野中吹,
风吹着他,
他不会打扰那里浩瀚的寂静。
他或许每天来这桥下练习。
或许在他听来,
这里如同旷野,
自己的萨克斯声抹除了其他声音。

维 持

我们不断地生长头发,掉落头发,
生长皮肤,剥落皮肤,
但看上去还大体完整。
十根手指,
数目从出生的那一天起没有变过,
颅骨维持着旧的比例。

麻烦的是维持我们的灵魂,
那由许多碎片组成的没有形状之物。
不时有碎片掉落,需要修补,
就像从地上捡起自己的手指,安回原处。
有的碎片生出苔藓,
有的碎片化为岩石。
有几次,天空骤然传来雷声,
那些碎片哗啦啦地响,仿佛要散开,
然而终于慢慢黏合在一起。

就像一条航行已久的船,
一些桨、救生圈、水手已落在海中。
然而它依然在移动,
拖着一条长长的航迹。

读庄子

我不服气。
我不愿意那么早的一个人说他找到了真理,
仿佛他之后的两千年都是白白发生,
仿佛拿着手机的我们并没有优势。

就像孩子兴冲冲地走入世间,
相信自己会遇到很多有趣的事,
很久之后才发现,
最有趣的是几乎被忘记的童年。

这时,一只蝴蝶从我的面前飞过。
我已经很久没有这样注意一只蝴蝶。

读米沃什的童年

读到他三四岁的时候,
我蓦然想起,
他已经死去。

仿佛第一次意识到这一点。
我迷惘于一个死者那样遥远的童年。

然而仿佛比我自己的童年更近。
我的童年已经冷却,
而在另一个空间里,
他的童年正在发生。

我迷惘于一个早已停止了呼吸的人,
如何存在。

我看见许多没有身体的灵魂,
在世间飞翔,不需要翅膀。
晚上他们寄居在书里,
或者来往于人们的梦。

而在有身体的人海中,

许多灵魂已经枯萎,模糊,
如同幻影。

缓慢之物

秋天的树上挂着一颗果实,
如同红色的珊瑚珠。
它的前身是春天耀眼的花朵,
迅速开放,又迅速结束。

然后是它缓慢的生长,
用了一年的时间。
每天它吸收一点阳光,
每个夜晚让阳光沉淀。

看起来它一天天几乎没有不同,
因为它的世界以年为单位。
它会在秋天恰好变甜,
那之前是漫长的准备。

没有什么能使它加快速度,
时间是它最重要的养分。
每一粒米,每棵树,人,也是这样的,
虽然人们常常缺少耐心。

赌 注

乐观主义者需要驳斥那些反证:
食物链,地震,战争。
悲观主义者则需要反驳
阳光,爱,孩子,花朵。

叔本华每天吹笛子,散步,
期待着第二天吹笛子的时间。
我想卡夫卡曾经大笑过,
就像所有人一样,
虽然他笔下的人们没有笑容。

世界仿佛一个轮盘。
有的人把赌注押在冬天,
有的人押在春天。

既然都可能是错误的,
何不选择一个闪光的错误?
两扇门通向两种梦境,
何不走进那个更美丽的梦中?

因为并没有什么可失去的。

我们的筹码——生命，
最终总之将失去。

南　国

从铺满杨树林的北方，
我乘着一只白鸟，
飞入南国的天空。

那里更接近太阳和大海，
空气里永远悬浮着水滴。
当无法承受水滴的重量，
就会有一场迅疾的雨。

那里生长着陌生的更加稠密的树，
在我知道了它们的名字后，
它们仍然是陌生的。
把树根嵌进墙壁的树，
胡须一直垂到地面的树，
陌生的花朵，
仿佛春天从不停止。

那里的人们在另一种时间入睡。
他们继续供奉着古老的水神，
在闹市崭新的楼宇之中，
他的家仍是从前的样子。

七八个老人在他的后院下棋，
用另一种汉语激烈争辩着。

回到北方后，想到那南国，
我仿佛想到一个梦中的世界，
水晶球中的，图画中的。
我不能确定自己去了那里，
又从那里离开，
虽然我的照片中保存着几枝陌生的花朵。

一切都是可以承受的

一切在真正到来的时候,
都是可以承受的。

人已经承受了过去的一切,
还将承受未来储备的一切。

因为人其实是一种弹簧,
可以无限压缩,拉伸;
是一种海绵,
在仿佛吸满了水之后,
还能收下更多的水。

因为人是聪明的,
善于说服自己。
大山远远看去不过是一道弧线。
在宇宙的秩序里,
不存在重物。

词 语

树。
这样短促的一个声音，
这样一股微弱的气流。
它与我窗外那株高大的，
在风中摇曳的生物，
有什么共同之处呢？

那神秘的生物把手伸向天空，
仿佛想触摸什么。
它沙沙地响。
它坚硬而柔软，
稳固但正在生长，
夏天和冬天它是完全不同的。

它使我们软弱。
我们对它发出一个短促的声音，
"树"，
仿佛这是一个咒语。
然而它并不知道自己的名字，
它沉浸在空气之中，
听着风的潮汐。

秋天的仪式

秋天是一年一度的仪式,
舞台上的人物有序退出。
花朵无声收拢,
像灯一盏盏熄灭。
所有的燕子都在某一天振翅南飞,
仿佛决绝,
仿佛听见了遥远的召唤。
所有的荷叶都沉入水底,
变成泥的一部分。
几只鸳鸯在去与留之间犹豫不决。
落叶萧萧而下,
是大幕降下的声音。

然后是漫长的沉睡,
然后是醒来。
那时远在南方的燕子将蓦地忆起前生,
将越过千里来寻找故巢。
那时万物将有序登场,
仿佛仍然是去年的它们。

故宫苏轼展

他写给朋友的信,
千年后出现在秋天的北方,
他不会知道的宫殿里。
宋朝的宫殿已经像沙堡一样被海水抹去,
几页纸却得以留存。
它们经过了多少人的手,
印上了多少指纹,
接力一样传递到今天,
而没有在战争、风雨,
前仆后继的死亡中掉落。
写信的手,打开信的手都已化为尘土,
而那墨迹几乎没有变得淡薄。

在昏黄的灯光下,
人们把额头紧紧压在玻璃上,
想离那些字更近一些。
然后人们走出那里,
再一次走进陌生的北方。

岩　石

仿佛坚硬到不可更改，
然而曾经像水一样流淌，
火一样燃烧，
曾经是水底柔软的泥，
其中颤动着许多柔软的身体。

最紧密的书，
一切都被收藏——
恐龙，没有人见过它们奔跑，
不曾被命名的生物，
一场海啸，
一颗星坠落的火光。
一个一个昨日的世界。

在新生代，我们迟迟到来。
然而岩石沉默不语，
它只缓慢地生长，
像最缓慢的海潮。
一个世界只是它一层薄薄的质料。
我们的脚踏在它上面，
它承载我们，等待我们，
它有无限的耐心和时间。

故宫有感

皇帝,一个危险的职业,
需要被隐藏起来,
就像在从前的克里特岛,
一个怪物被隐藏在迷宫里。

他只能将秘密关在心中,
因为他没有朋友,
而他有许多秘密。

那么大的宫殿,
那么小的一个花园。
他能同谁亲近呢?
然而人们说他是天的儿子。

拥有许多女人,
仿佛蜂巢里唯一的雄蜂。
每一个女人都畏惧他,
所以无法知道爱情。

天下的土地都属于他,
但都在高高的宫墙之外。

在那些土地上,
一个流浪汉正随意行走,
随意生长着无边的野花。

雪莱的手稿

这比一切更能证实，
他存在过。
那些能证实他存在的人们，
都已经不存在。
他住过的房间里已找不到他的指纹，
仿佛他只是一个名字，
一个传说。

而这张纸是他身体的延伸。
当时他占据了它旁边的一部分空间，
他年轻的眼睛注视着它，
他的呼吸吹在它上面。
他的手向笔施加压力，
笔在纸上移动，留下痕迹。

每个词语都是他选择的，
都凝结了那一瞬间空气里的水分，
阳光，或者灯光。
每个字母的姿态，
如同他的步态，
只属于他自己。

在反复涂抹的文字中间,
他画了一条小船,
和一个独自坐在船上的人。
他的命运正在展开,
指向风暴和大海,
而他对此一无所知。

梵　高

贫穷和无名压迫着他，
使他尖叫，
使他早死。

然后这些都成为传说的一部分。
现在，他的影子上堆满黄金。

如果那黄金中只有一小块儿属于他，
他就不会尖叫，早死。

当他看到这一切时，
是否会喜悦于自己的胜利？

我想象他站在某一场拍卖会的角落。
然后他走到那幅画前，
困惑地说，"抱歉，先生们，
我觉得这是我的。"

明天的第一场雪来临之前

在明天的第一场雪来临之前,
我去看那座树林。

它每一天都变得更加空旷,
仿佛漫长的告别。

是鸟雀的欢乐时节,
它们在草地上忙碌,
如同跳动的落叶。

擎着棕黄叶子的玉兰,
仍能叫作玉兰吗?

像那些劳作了一年的农人,
树停止了劳作,
已经为明天做好准备。
它们抖落柔软的部分,
只保留骨骼与根。

假　狗

"我是一只假狗。"
一个抱在母亲怀里，
不用自己走路的孩子说。

母亲说，
"你是属狗的，但你不是狗。"

孩子的声音里有自责，有遗憾。
她羡慕真的毛茸茸的狗，
感到了自己的缺陷。

她还不能接受自己作为人的身份，
因为她不愿意与万物区分。

小 寒

仿佛善意的提醒，
说最冷的日子正在过来的途中。

树攥紧了拳头，
准备迎受那最后一击。
每一根树枝都是僵硬的，
仿佛折断了也不会疼痛。

松鼠即将用尽自己的食粮。
奇怪的是那些小鸟，
它们一身单薄的羽毛，
但并没有露出冻馁之色。
仿佛没有什么能损伤它们的热情。
它们的鸣声依然响亮，
空荡荡的林中飞满了翅膀。

无奈的人

诗人是一种无奈的人。
年轻的时候,
他的心里装着热带雨林,风暴,大海。
他需要按住自己的胸口,
防止那里的野兽跳出来。
然而当它们出现在他的笔下时,
它们仿佛离开了水的鱼,
失去了游动的姿态。

多年以后,
他的手更加灵巧,
但他的心里静悄悄的没有了声音。
他仿佛等待金子的金匠,
独坐在店铺里。
他仿佛一个农夫,
坐在空荡荡的田里等一场雨。
那雨与他的计划无关,
与他是否勤勉无关,
它只在自己想来的时候到来。

雪　人

一些人兴奋的手，
堆出了他们。

他们散落在这大城的许多角落，
一个新的种族，
有借来的鼻子和眼睛。

忽然得到的身体也会忽然消失。
如果在更北的北方，
他们可以更长久，
看见更多的事。
然而在城市，
他们仿佛时刻站在悬崖边上。

堆雪人的人比他们坚固一些，
不过借来的也总要归还。
人们期待着一个又一个春天，
仿佛没有想到春天带来的危险。

看日出

人们沉默着朝山顶进发,
仿佛去参加一个秘密的仪式。
然后他们面朝同一个方向。

上一次看见太阳从地平线上升起,
还是很久以前的事。

人们继续沉默,
群鸟无声飞翔。

全世界都在等待,
大幕即将拉开,
一个神将登场。

在江源

我能把什么投在这还不是长江的溪流里?
它多久之后能抵达大海?

一件自然之物,
一件不会散落之物。

也许是一条很小很小的木船,
像纸船那样小,
但不会沉没,
不会搁浅在某处的水草中,
不会被某个孩子拾得。

这是属于人的执着。
而从这里开始奔流的水,
中途会沉入地下,升入天空,
升入树中,进入水渠。
在抵达大海的时候,
它已经更换过无数次。

家庭劳动者

农田里、工厂里的劳动者之外,
还有另一种体力劳动者,
是年龄不一的女性。
她们在下班之后,
开始这另一种劳动。

她们每天重复许多细小的事,
川流不息地做饭,洗碗,
扫地,拖地,
洗衣服,晾衣服,收衣服。

她们的劳动没有名称,
也无法完成。
农民触摸到秋天的果实,
而昨天洗过的衣服,
今天又脏了。

她们在千万个单独的房间里,
磨损了玫瑰色的手指。
她们仿佛成了那房间的一部分。

下午六点，
我听见了她们上工的铃声。
从前她们对未来有许多想象，
她们是否想到过这铃声？

林黛玉的结局

除了在一本书里,
她没有家。
她居住的房间,居住的世界,
都不属于她。
她只是借用了一个角落,
主人随时准备将它收回。

如果不是在一本书里,
她的诗还有谁会记得?
谁会知道她的故事?

她把洁癖保持到了最后,
她没有机会变老,
或沾染脏污。
我怀疑现实中的她,
是比这更坏的结局。

填表格

最令我畏惧的事之一,
是填表格。
一张表格会用去我一天的力气。
我需要把自己切割成方块,
塞进一个个狭长的格子,
仿佛把一棵树塞进盒子里。
姓名,地址,职业,
仿佛漫长的岁月都是空白,
仿佛除此之外人们没有分别。

那些看表格的人,
看见世界这样整齐,感到安心。
他们不知道这是一种技艺。
他们不知道人们一离开表格,
就恢复了难言的形状,
回到那混乱的世界,变形虫的世界。

完美的一天

是否曾经有一天，
全世界的天空都是恰好的，
有的地方蔚蓝，
有的地方落着恰好的雨。

那一天恰好是一切战争的间隙，
武器放在地上，挂在墙上，
如同其他的物品一样安静。

那一天出生了一些婴儿，
他们和他们的母亲都活了下来。
那一天有一些很老很老的人死去，
他们的亲人对天空没有怨怒。

有的孩子在奔跑中摔破了膝盖，
此外没有可怕的事发生。
没有人坠崖，落水。
闪电搜寻着自己的目标，
但并没有击中。

我不知道谁恰好活在那一天，

或者,
是否有人把这好消息告诉了他们。

拉丁语

它不再增添新的枝叶,
游泳的鱼凝固为鱼化石。

再没有人是从母亲那里,
在得到乳汁的时候得到它,
从周围的人们那里,
在呼吸空气的时候呼吸到它。

没有人用它争吵,做梦,
没有恋人用它私语。
维吉尔失去了祖国,
对所有人而言,他都是异邦之人。

世界上最后一个说拉丁语的人是谁呢?
他不知道自己的重要。
当死亡封住他的口,
一条河流戛然终止,
在远离大海的内陆。

诗人的妻子

诗人在爱的烈火里一次次燃烧。
旁边站着他沉默的妻子,
她也是被火烧到的人。

诗人从火中拾得了一些句子。
他的妻子用冰冷的手指,
翻着那些手稿。

词语的网接住了诗人,
使他不至于沉没。
他还需要许多女人交织的目光,
那另一种网。

他相信自己在别处是无力的,
然而是这一个战场的英雄。
同时他需要一个妻子,
否则他无法在尘世行走。

她是一块沉默的土,
他在上面开出花朵。
每一朵花上都写着他的名字,
她是它们背面难以辨认的词语。

给女孩子们的忠告

女孩子们,要未雨绸缪啊,
不要被自己的光辉照得睁不开眼睛,
虽然别人也许可以那样,
但你们要保持冷静。

你们就像花朵,
在开放的时候仿佛神来到人间,
但花朵是短暂的,
而你们还要在此逗留多年。

要懂得囤积食粮啊,
像并不美丽的蚂蚁或松鼠一样,
因为夏天会过去。

愿你们在秋天是有果实的人,
不要像换羽的鸟一样露出窘迫,
不要让秋风发现你们无处藏身。

作为艺术家的神

他在宇宙的尺度上,
展开他的画,小说,
无数集的连续剧。

他注意最大的结构和最小的细节,
从螺旋形的星系,
到螺旋形的花蕊。

每一个星球都是他的工作室,
他试验一切可能。
有的星球是冰,有的是火,
有的刚刚毁灭,
有的刚刚诞生。
他把毁灭者从空间抹去,
像孩子抹去沙地上的画,
不觉得可惜。

他不为谁而创作,
他没有观众,读者。

永恒是他的负担。

他需要做些什么,
以消磨无边无际的时间。

地铁里哭泣的女子

上了那节车厢后,
我感到了异样。
人不是很多,静悄悄的,
但有一种哭泣声撕裂了那寂静,
仿佛撕裂一块完整的布。

是一个二十多岁的女子,
介于女孩和女人之间的,
紧靠着玻璃挡板而坐,
白皙的脸,瘦削的身体,
精致的衣裙。
她的哭声没有间断或减弱。

人们沉默着,
坐在她旁边的男子看着手机。
没有人看她一眼,
仿佛是无视,仿佛是尊重。
她继续把哭声倾倒在车厢里,
人们沉默的脸上似乎也有了一种悲哀。

到站的时候,

她收拾起自己的碎片,
手里拿着一大团湿的纸巾,
走出车厢,消失在人海。

唱歌的树

冬天的树都是赤裸裸的,
难以看出这种树与那种树的不同。
但是我经过了一棵唱歌的树。
树上站满麻雀,
还有几只别的小鸟,
仿佛另一种果实。
整棵树发出歌声。
没有叶子阻挡视线,
没有沙沙响的叶子混淆那歌声。

它不完全是树,也不完全是鸟,
它是一个新的物种,
一种新的乐器。
它没有名字,
存在于鸟惊飞前的片刻里。

共同的作品

他们都消失了,
仿佛不曾存在过,
仿佛我们的世界没有昨天,
一座飘浮在空中的楼阁。

谁在离开的时候,
发现自己的一生是一部好小说,
有开端,发展,高潮,结局,
每一件事都有自己的位置?
谁不是发现自己亏负许多人,
许多人亏负自己?
那些无法两清的债,
就像一株树訇然倒地,
而在土里留下纠缠的根。

每个人在别人那里得到回响,
如同投入池中的石子。
每个人都使世界变得不同。

现在的这世界,
就是一切曾活过的人们共同的作品。

冬　日

一只喜鹊站在最高的枝头，
仿佛站在深渊之上。

杨树赤裸的树枝，
像无数手指，指向天空，
仿佛在说：看那朵云。

很难想象树上曾经有叶子，
就像无法想象骨头上有叶子。

有一个人，紧裹着厚重的军大衣，
坐在长凳上，
深深地低着头。
他背着一个沉重的包，
他一直没有放下它。

树的启示

人们喧嚣的时候,
你沉默。
人们跌倒的地方,
你站立。

你的皮肤从一开始就是粗糙的,
后来并没有更加粗糙。
人们短暂,
你持久。

仿佛无知,
而深知太阳的方向。
仿佛被大地禁锢,
而在大地里生长。

层出不穷的叶子,花朵,果实。
叶子纷纷落下的时候,
只有人是悲伤的。

预　感

一场场大火，一场场飓风，
天空和大海，
似乎在酝酿着某种戏剧。
千万年的平淡之后，
重要的情节似乎即将到来，
一些门在开启后无法关闭，
未来将从那里涌入。

那时我们将已在坟墓中藏身，
但我们的孩子怎么办？
他们将憎恨自己的血液，
那或许会惊扰我们的长眠。

锚

又到了换日历的时候,
一年只是薄薄的一本。
许多人和事,
已经落入时间的黑洞。

宇宙中有另外一些黑洞,
那些我们看不见的眼睛。
它们看着我们,
像看一场戏剧。
空旷的宇宙,
许多星球形成,爆炸,
太阳上刮着烈风,
但没有声音。

活着的一切都多么勇敢啊,
在这地球上,
像在大海中的一小块浮冰上。
而我们仍然能计划明天,
仍然能欢笑,
因为我们以彼此为锚。
否则,即使得到整个宇宙,
又有什么用处。

自　救

有时，天真的亮了，
是我们不愿意面对的一个白天。
并不有趣的事等待着我们，
仿佛牛想到犁铧，马想到鞍具，
西西弗睁开眼睛，
看到了他的石头和那座高山。

尤其当天空是灰色的时候。
这时候我们需要喝水，
像一株低垂的植物，
在浇了水之后又可以挺直身体。
我们需要想到阳光，
就在这灰霾之上，
是它努力照射下来，找到我们。
它不明亮，但分散在空气里，
可以从每一个毛孔吸入。

视 角

死去一些人有什么关系呢?
人类还在。
人类消失了有什么关系呢?
地球还在。
地球爆炸了呢?
宇宙还在。

那是神的视角,
他偶尔看一眼他的培养皿中
那些生生灭灭之物,
有时露出一点兴趣,
有时失去兴趣。

而我们的视角是蜡烛的视角,
低的,短的,
我们的火焰无声燃烧,
会被一阵微风熄灭。
我们守着它,守着彼此,
因为每熄灭一个人,
黑夜都更黑,更冷了。

罪　感

忘记不久前的过去，
像善忘的春天，
因为真正的痛是别人的，
死是别人的。
这是罪过。

陷落在过去阴沉的日子，
仿佛飞虫被蛛网捕获，
仿佛被大地抓住了双脚的树。
这也是罪过。

造一个潜水钟，一座城堡，
歌唱，安眠，
当大地在周围破碎，
群鸟在风雨里飘摇。
这是罪过。

在对世界的怜悯中耗尽自己，
这时发现今天的太阳已西沉，
自己的花园里杂草已深。
这也是罪过。

我需要一首诗

我需要他们留下的一首诗,
一个支点,
一块小而坚硬的岩石,
漩涡中的一块静止之处。

我的一天需要拯救,
它正在向黑夜沉落。
我需要握住一首诗,
握住他们从天空抛下的绳子。
我需要走进他们的树林,
永远繁茂的,
在黑夜里依然生长的。
我需要从他们的井中汲水,
当大地如同干裂的嘴唇。

希　望

其实悲观并不是一种选择。
希望支撑着我们，
是我们更重要的骨骼。
它支撑我们清晨起床，
在世界上行走，
支撑我们的夜晚，
陪伴我们入睡。

我们把孩子带到人间，
为未来做各种准备。
我们相信困境总会有转机，
时间会来解救我们。

总有春天，总有阳光，
在阳光里，草木不由自主地生长。
一切的生物都不肯倒下。
希望是一种本能，
需要很大的力量才能扭转它。

它不需要很多，
一点剂量就够了。

手

使我们与众不同的,
还有我们的手。
它不息地劳碌,
但它有自己的需求。
母亲与孩子拉着手,
恋人拉着手,
仿佛怕对方走失。
陌生人相遇,握手,
确认彼此的体温,
皮肤的质感。
手渴望触摸,
就像眼睛渴望看见。
然而有一些手是寂寞的。

抓住当下

为抵挡未来山一般的阴影,
抵挡死亡的随时降临,
人们说,抓住当下。

仿佛它是一头小兽,
可以擒在手里,
是一只大鸟,
可以抓住它的翅膀飞行。

风能用旗帜捕捉,
容器能捕捉水。
但只有在人类的词语里,
当下曾被捕捉。

它只懂得一种运动——消逝。
其实是它抓住了我们,
把我们掷向下一个时刻。

暗　河

天空不知道它，
月亮和星星没有见过它。
它在地下暗暗地流。

它从山的身体里穿过，
是山秘密的血脉。

在宽敞沉默的洞穴里，
它发出淙淙之声，
四壁传来回响。

在狭窄的地缝里，
它侧身而行，
以自己为斧，
一边走一边开凿道路。

和它经过的那些岩石一样古老，
然而每天都是新的水，
不知从何处而来的水。

后来它将流入阳光中，
知道花朵和航船。

石　笋

一滴水悬挂在钟乳石下，
已经悬挂了很久，
还要很久才会坠落，
才会发出无人听见的"嗒"的一声，
仿佛秒针的一声走动。

它的正下方，
石笋正在生长，
水所养育的最缓慢的生物。

耐心地雕刻，
用一百年完成一朵小花，
再用一百年把它打磨光滑。

某一天，
赤裸的原始人离开洞穴。
今天，衣履齐整的现代人来到洞穴中，
睁着惊异的眼睛。

在这期间，石笋长高了多少？

血肉所构成的人伸出手去,
触摸另一种身体的凉意。

深山音乐会

鸟和蝴蝶都睡了,
世界仿佛一个剧场变得安静。
这时群山入座,
夜空睁开了许多眼睛,

听虫们盛大的音乐会。
不知道它们有多少,或者在哪里。
有的虫拨动琴弦,
有的加入高高低低的合唱,
还有几只吹口哨者,
一串串口哨在夜气里飘扬。

它们不间歇,也不疲倦,
背景里是时隐时现的流水声。

此时遥远城市里的一两只独奏者,
不知是否感到了寂寞。

布　景

这天地之间，
有时是一座葱茏的花园，
有时是无边的沙漠。

有时那样辽阔，
山川之外永远有新的山川，
有时收紧为狭窄的笼子，
笼中的人无法直立。

有时，它是一条大船，
兴致勃勃，准备远航，
有时它是一片废墟。

如同舞台布景，
从一个换为另一个，
不过转瞬间的事。

作为风景的长城

把砖一块块运到山顶的穷人,
守城的将军,士兵,
都像朝雾一样散去。

血痕早已无痕。
只留下这道长长的墙,
时间的剩余物,
与山生长为一体。

树站在残墙上守望,
鸟在树上筑巢。
风吹过的时候,
不觉得自己遇到了阻碍。

登城者在远眺时不需紧张,
不会有烟尘在地平线上出现,
不会听到马嘶。

仿佛它只是为了帮助人们登上山顶,
帮助人们从海边走到戈壁,
看朝霞,看落日。

我们在冬天

我们在冬天,
如同漂浮在海上的一个个热岛,
深渊里提灯自照的鱼。
我们守护自己的那一份火苗,
不让它熄灭。

我们需要从一切地方获取力量。
然而太阳变得遥远苍白,
花朵都已消失。
燕子飞走了,
熊已睡下,开始做漫长的梦。
世界一贫如洗,
仿佛它此时唯有依赖我们。
这也是一种力量。
我们发现需要支撑世界,
当我们本来只想支撑自己。

冬天的雨

冬天的雨也是好的。

虽然天空如此阴沉,
仿佛忘记了自己曾经蓝过;
虽然叶子无法承受这最后一击,
纷纷跌落,
像另一种雨;
虽然雨从赤裸的枝头滴下,
如同泪水。

其实冬天的雨也是好的。
大地需要它,
因为大地正变成一块坚硬的铁。
山中的水库需要它,
那一汪水早已露出困窘,
这时天空送来了解救。

生命的宝贵，与不宝贵

每一个生命，
都由亿万个环节，
与世界上的第一个细胞远远相连。
其中的任一环节都可能中断，
仿佛那么久的准备，
只为了你。

——然而每一只蚂蚁，每一片树叶，
也是如此。

每一个人，
都曾是一个秘密，
置于母亲的腹中，
比一年的果实孕育更久。
母亲的呼吸之下，
是他平稳的呼吸。

每一个人出生后，
在最初的日子，
都有别人把食物
一口一口喂到他嘴里。

——然而世界上的人这样多,
并不缺少我一个。

后来是一天一天,阳光,雨,
走过了那么多的路,
这身体和灵魂是你自己的作品。

——然而我累了。

那把自己从世界中撕去的人,
不知道自己也撕去了许多别人的一部分。

不幸的事

像一切事一样,
不幸的事也通向两种结果。

那人可能会成为更好的人。
他认出世间的脆弱者,
认出自己是他们中的一个。
从阴沉的天空漏下的每一线光,
于他都那样耀眼。
他得知了自己的渺小,
于是成为自己更轻的负担。

另一种可能是,
他开始培养苦涩。
他朝更狭窄的地方走去,
以便人们看不见自己。
他的伤口把他与世界隔开,
春天,笑声,在他的伤口之外。

流　言

从前它是一种窃窃私语，
像池塘里扩散的波纹，
像低效的病菌。

现在它不需要凭借空气，
而到达最偏僻的角落，
像同一个喇叭高挂在天空。
在它的故事里，
险些发生过许多灾祸，
许多灾祸正在涌起。
相距遥远的人们，
在那些不存在的波涛里动荡，
几乎忘记了自己平凡的日子。

白天的月亮

轻轻地挂在天空，
半透明的，
即将与背景融为一体。

像梦一般，
半圆形的一团雾气，
浮在蓝的海上，
已经被蓝渗透。

然而它一直维持着自己的形状。
风没有吹散它，
飞鸟的翅膀没有撞破它。

夜晚它将睁开眼睛，
变成另一个发光之物。

命运之有无

如果每个人都有只属于他的,
早已写好的剧本,
然而他作为主人公一直蒙在鼓里,
像天真的奥赛罗;
未生之时,
不知道自己会在清晨还是夜晚出生,
已生之后,
不知道自己的死日——
那更像一个针对他的恶作剧。
他也想接受它,
然而怎样去接受一件
不知为何物的礼物?

那么没有命运?
那或许更令人难以承受。
他在偶然中冲撞,
像一只飞虫在玻璃瓶里冲撞,
而瓶子外并没有一双充满兴趣的眼睛。

夜　空

锡箔纸剪成的一片薄薄的月亮，
沙粒一样的星，
仿佛一阵大风就能吹散它们，
像吹散秋天的落叶，
仿佛一张网就能将它们全部打捞。

然而它们其实在虚无里固定，生根，
远远地在一切的风之上。
它们映在我们渴望光的眼中，
而它们存在，
并不是为了给我们黑暗里的光。

未来一瞥

人消失后的世界更安静了,
天更蓝,
但没有一个声音说,"你看,天多么蓝。"
没有谁的手,指向天空。
没有谁凝望那些星星,
它们重新变成遥远的萤火。
鸟在夕阳前飞过,
并不向它投去目光。
一阵一阵的风暴,
不留在谁的记忆里。

就像一本书失去了读者,
世界失去了自己的镜子。
没有谁计量时间,
世界忘了自己在哪里,
落入无边的沉默。

像小鸟一样活着

像一只小鸟一样活着,
除了轻轻的身体和羽毛,
一无所有。

每天都仿佛是第一天。
每个枝头都是可以落脚的地方,
天空中没有正确或错误的方向。

因为属于天空,
所以染上了蓝色。

还是像人这样,
在地面上行走,无法停止,
积累物品和回忆。

医　院

仿佛一个汽车修理场。

那些兴冲冲奔跑在路上的车，
每天经过它，
但相信它与自己并不相干。

到那里去的，
都有大大小小的内伤，外伤，
有的生了锈，
有的生了苔藓。

在那里，
所有的身体都是平常的。
勤劳的修理者们用钳子、刀、针线，
切割，缝补，
拔除杂草，
然而有的大树已经无法拔除。

许多人像蝉一样，
在那里蜕去长久的壳，
然后去了不知何处。

同　类

猫比鱼更加像人，
鱼比树，树比泥土，
更加像人。

我们愿意同与我们相像的在一起，
仿佛能从彼此身上得到暖意。

人与人最为相像，
一条鱼看不出两个人的差别。
人愿意与人在一起，
然而也怕与人在一起，
因为知道，
对方可能和自己一样埋藏着刺。

种豆南山下

有一些诗是有用的,
比如陶渊明的这一首。
那一个笨拙的农人,
那清晨,那月夜,
那粘着泥巴的锄头。

这首诗是有用的,
因为它会在茫然中出现,
不是读书的时节,
前路未卜的时节。
四十个字依次在心中慢慢过去,
仿佛一个安静的队伍;
仿佛一道清溪,
每一刻都闪着不同的水光,
每一刻的潺湲都是不同的。

春　日

每一片新生的叶子，
都是半透明的，
有微微的绒毛，闪着光，
如同春天里的第一只蝴蝶，
如同新生的婴儿。

天空无限高远，
飘着许多只鸟，风筝，
每只风筝下都有一双仰望的眼睛。

但愿世界记得自己开启的这一刻，
人们记得自己初至的一刻，
在未来风雨的日子，
在秋季，冬季。

烈火般的连翘旁边，
已经有迎春的花朵熄灭，
坠落在尚未完全醒来的大地。

昨夜的风

是谁夺走了海棠的花瓣,
将它们抛在泥土里,水中,
在枝头只留下火焰的灰烬?

海棠树从两颊微红的少女,
变成了沉默的少年。

是谁推走沉重的雾霾,
露出本来湛蓝的天空?
谁吹动长长的风筝,
那一尾尾游鱼?

谁从泥土里唤出蒲公英的金盏,
安排它们的盛宴?

谁催促着闪光的流水一直向前?

地球不需要支撑

地球不需要支撑,
自己悬在空中,自己奔走。

草木推开泥土和岩石,
向上生长,
仿佛怕失去唯一的机会。

动物在冰原上,在沙漠里,
为一口食物而寻找一天,
然而并不哭泣。

只有人需要托举和安慰。
只对于人,
世界成了一个巨大的谜。

频　道

我听见空中充满了声音，
织成密密的网，
仿佛许多电波，
不同频道，不同颜色的，
在寻找自己的听众。

因为人们的耳朵是狭窄的，
他们每次只能选择一个频道，
其余的成为背景里的杂音。

每一个频道都有自己的故事，歌曲，
那里的人们彼此信任。
不同的频道之间，
人们彼此为敌。

人们必须选择其中一个。
那不选择，或选择了多个的，
是所有人的敌人。

如果没有诗来找我

满架的葡萄酿为一小杯酒。
悬浮在空中的水汽,
凝结为一滴夜露。
我交出许多日子,
得到几个或好或坏的词语。

如果没有诗来找我,
我将多么荒芜,
仿佛一个人走在没有树的旷野,
天空一无标记,
我不知道自己在哪里。

诗是插在地上的旗帜,
在风中发出蓝的、红的声响,
标出我的道路。
如果它们并不出现,
我去向何方?

它们又是容易受惊的鸟,
一点点的异动,
它们已飞起,

到了天边。

它们不知道什么是怜悯。

烂柯记

马路边的人行道上,
四个人围坐着下棋。
天黑了,
路过的人几乎看不见那些棋子。
但下棋的人看得见,
因为他们从天光还亮的时候,
把棋子一步步走到了现在的位置。

清脆的落子声。
仿佛是一盘永远下着的棋,
而下棋的人已经一次次更换。
周围的城市在更换,
世界在更换。
那把斧子已经无数次化为尘土,
又生长为树。
也许,旁边的那棵杨树就是。

猫的动作四种

它舔自己的手,
仿佛那是一支棒棒糖。

它毛茸茸的头紧贴着我的头,
仿佛紧贴着同类。

它睡在枕头上,
仿佛是一个人刚刚变化而成。

它很快开始打鼾,
没有明天的计划,
不知道窗外是寒冷的冬天。

冬夜行

像影子走在黑夜里,
仿佛没有身体,
然而知道自己活着。

像一滴墨,
融化在墨的海。

树已经脱去华服,
赤裸着,等待冬天大军的号角。
它们封闭自己的皮肤,
把余存的生命收回在根里。

但它们的手指向天空,
如同路标。

幻　听

我听到一种声音，
从宇宙深处传来，
仿佛许多光年外的一个旁观者，
手里拿着秒表，
滴答，滴答，
计时的声音，或许是倒计时，
要引向一个重要时刻。

滴答，滴答，
许多发条在拧紧，
拧紧了我的白天，我的梦，
空气被拧紧。

然而人们听不到这声音。
孩子们在认真玩耍。
太阳落山的时候，
鸟各自归巢。
几个老人在路边下棋，
脸上都带着笑容。
仿佛那滴答声只为我一人响起，
为我计时。

像那些仍有自知的幻听者，
我也保持沉默。

与花朵同时

一个又一个寂静的星球,
空无的光年。
宇宙用多少时间和空间,
才培育出一朵花,
无罪的,无抵抗能力的,
那么轻的。

我们恰好与花朵相遇,
在蕨类的森林之后,
在恐龙都死去之后。

仿佛是某种象征,
我们恰好与花朵同时。
也许它们才是世界的目的,
而我们的任务是目睹,见证。

灯　光

自从有了明亮的灯光,
就有了彻夜不眠的城市,
彻夜忙碌的人。

人们不再知道坚固的黑夜,
于是不知道黎明。
灯光削弱了黄昏。

然而蜡烛的微光使人流泪。

夜空变得稀薄。
星星只剩下几颗,
像一场大火的余烬。
月亮几乎被路灯遮蔽,
仿佛它不再指引潮汐。

这时,
点燃一支蜡烛有什么用呢?

而且蜡烛的微光使人流泪。

不夜的河

那是网络上灯火辉煌的城市,
人们都发出自己的声音,
像群鸟争鸣的树林。
每个人的声音对自己都很重要,
新的声音如潮水淹没旧的声音。
人们在那里瞥见彼此,
如同瞥见疾驰的火车里闪过的面孔。

如果有人从某一天开始沉默,
人们多久才会发觉,
仿佛一个在沼泽中无声消失的头颅。
已经有许多人永远沉默了,
但那条河继续日夜奔流,
它不会为任何人而停止。

内在景观

如果人们的身体是灵魂的镜子,
我们会看见怎样的景象啊。
胆怯的人不能伸直;
忙于攫取的人有一双挖掘机般的手;
童年不幸的人,
胸口有无法填补的空洞;
有的人是花朵,是树;
有的人是鹰,
拍打着强劲的翅膀,
有的人在潮湿的地面爬行;
有的人是一块大陆,
承载着森林湖泊,城市村落,
有的人蜷缩在一个盒子中。

现在,我们只看见人们的身体,
如同无字的纸。
身体是相似的,
仿佛灵魂也相似。

冬天在昨夜来临

冬天在昨夜来临，
也许从更北之地，
也许从天空。

夜半无人的时候，
世界坠落到了断崖之下，
但并没有破碎。

湖上一夜间封了一层异物，
半透明的，脆硬的，
印着隐隐的花纹。
鸳鸯和野鸭不见了踪影，
北方变了，
不再适合它们居住。

那只瘸了一只腿的黄猫，
依然在湖的北岸行走。
冬天是它的季节之一。
它的毛柔软厚密，
它没有瑟缩。

一块石头搁置在湖面上。
其实它想沉入水底，
但那将是明年的事。

堵　车

灰蒙蒙的天空中，
低垂的，不知是残夜还是雾。
立交桥上已经在堵车了，
仿佛堰塞的河流。
每辆车都睁着苍白的眼睛。
每辆车的方向盘后都坐着一个人，
被安全带捆缚，
仿佛是车的一部分，
仿佛一个人有着钢铁的身体。
他们刚刚从温暖的被窝里出来，
投入寒冷，
如同赶赴一场盛会。

一只猫在窗口注视着这情景。
路边的公园里，
雪从树上缓缓吹落。

外 婆

我也想同别人一样,
有一个外婆。

我从来没有使用过"外婆"一词,
就像穷人没有使用过金币,
因为我的外婆,
在我母亲三岁的时候就去世了。

母亲几乎记不得她,
只知道外婆很爱她,
每天抱她在怀里,
如同珍宝。

我看见外婆抱着三岁的孩子,
仿佛抱着我,
我感到外婆温暖的身体。

也许因为那温暖,
母亲后来顽强生长,
不觉得世界对自己是不利的。

我想外婆也会爱我,
爱我们像她又不是她,
爱有我们在的世界,任何世界。

北方的立春

其实还什么也没有,
湖上的冰还很坚固。
但仿佛冬天也听见了消息,
它像一把刀失去了锋刃,
像一个君王望见了死神的影子。

鸟仿佛是刚刚看过日历的,
翅膀更加轻盈。
树不再像昨天那样僵直。

也可能只是人们的眼睛变了,
看见阳光里多了一种金粉,
看见天空中仿佛重重叠叠,
是今年尚未到来的那些花朵。

公　平

我希望今天活着的一切,
每一个人，每一只小鸟,
每一条在泥土中爬行的蚯蚓,
还有我自己,
都不会死去。

然而就在这一刻,
一些人和小鸟吐出了最后一口呼吸。
就在这一个冬天,
所有的一年生植物都被割取。

或许因为此前已死去的无法复活,
需要公平。

而未出生的一切,
等待出生已等待了很久,
也需要公平,
一个不是过于拥挤的世界。

小天鹅

在蓝而冷的湖上,
浮着一对黑天鹅,
和四只小天鹅。
四团浅灰的茸毛,
闪着婴儿才有的那种光。

它们刚从壳里出来六天,
六天前的生活狭窄而安稳,
然后它们出现在这广大的世界。
本应是春天,
但昨日有一场严厉的风雪。

它们的父母是贫困的,
从水底啄上来一簇簇水草,
小天鹅就从那水草上啄取
我们看不见的营养。

对于它们的到来,
世界没有说欢迎或者不欢迎。
它们在水面不停移动,
仿佛兴奋,仿佛惊惶。

冰初解

湖上铺的一整块玻璃渐渐薄了,
花纹渐渐模糊。
真正的融化是从北岸开始的,
因为太阳更偏爱那里。
冰中化石般的落叶移动了位置。
封存的无数气泡得到释放,
消失在空气中,
仿佛终于说出了想说的词语。
水又可以舒展,闪烁,
像一簇绷紧的神经终于放松。
岸边的梅花,
一夜间准备了许多紧紧的花蕾。
云在天空经过,仿佛含着深意。

湖上的脚印

  白雪覆盖着一部分冰面,
  雪上是谁的脚印?
  一个人曾经向湖心岛走去,
  猫留下的一串梅花,
  鸟爪的枝枝杈杈。

  也许是下雪的那一天,
  万物都莫名兴奋吧,
  仿佛已是很久前的一天。
  现在湖上寂静,
  像一页纸上写了许多文字,
  点缀着落叶和树枝。
  这一切将很快变成水。

新的叶子

每片新的叶子都是一封信,
一个层层折叠的秘密,
从树的指尖、关节递出。
在它们自己没有打开的时候,
你无法打开它们。
也许它们写着神秘的信息,
也许是空白,
证明那些树仍然活着,
证明冬天的沉睡不是死亡,
虽然与死亡如此相似。

太阳再次与树相关,
而冬天的时候,
它仿佛寂静的大房间里
一个苍白的灯盏。

槭树上仍挂着一些旧的叶子,
零乱的,去年的遗物。
槭树并不加以区别,
它有无数新的叶子刚刚进入这世界。

校 园

它是一个奇特的地方。
人们聚集于此,
仿佛出海前的水手。
你遇到的每一张面孔,
都是没有皱纹的。
未来还没有降临,
人们有时憧憬,有时迷惘。
世界的真相向他们慢慢打开,
有时明亮,有时阴郁。

每年有许多人进来,
许多人离开。
进来的人睁着兴奋的眼睛,
离开的人眼里含着泪,
散入人海。
这里不属于任何人,
就像不能在渡口停留。

战 争

宝贵的身体,
被别人拥抱的身体,
忽然不宝贵了。
每个早晨都刮得干干净净的脸,
今天沾满血污,
一动不动,向着天空。
另一个年轻的身体,
软软地在地上被拖着走,
像一个不规则的袋子。
能写字能跳舞的身体,
变成子弹要穿透的障碍,
火的燃料,
远不及一匹马强壮,
而一小堆木柴能燃起更大的火苗。

我又需要看陶渊明了

某些轻快的时候,
我会忘记他。
而在困窘中,我回到他,
仿佛孩子寻找母亲的庇护。

现在,当远方的天空笼罩着浓烟,
我们的脚也感到了震动。
无数纷乱的声音在周围响起,
咬牙切齿之声,
词语发出子弹般的呼啸。
我仿佛无处可去。
这时候我知道,
我又需要看陶渊明了。
我把那本书带在身边,放在床头,
仿佛护身之物。
他永远在书里等待着我们,
而他所在的世界是更加纷乱的。

蘑　菇

一切活着的生物都将变成蘑菇。
千年的巨树，不足百年的人，
都将返回一个共同的起点。

雨后它们像春笋般出现，
静悄悄的没有声音。

不是植物也不是动物，
仿佛大地吹出的气泡，
不开花，不结果，
而都举着一把伞。

就像某些别的物种：
相貌纯朴者，是可吃的，
色彩鲜丽者，是有毒的。

也许它们比我们更成功，
也许我们生活在蘑菇的星球。
想到有一天我会变成许多蘑菇，
我几乎忘记了对死亡的恐惧。

流　沙

如何在流沙上建造房屋？
时间是一种流沙，
从指缝中散去。

然而人类的房屋鳞次栉比。
它们后来将变成流沙，
但此刻，它们矗立。

人类也将变成流沙，
但此刻，他们活着。
此刻有许多花朵盛开，
在一个仿佛安稳的世界。

与手机共生

它打断我的睡眠,
仿佛是我的亲人。
它说有要紧的事告诉我,
我拿起它,又并没有什么事。

它使用我的眼睛和内存。
犀鸟站在犀牛的背上,
我与手机共生。

有一天在城市的另一角,
它没电了。
我像一个原始人穿过旷野,
走了许久才回到家。
汽车在我身边呼啸着过去,
我每走一步,移动不足一米。
那时我拍打它,它没有反应。

仿佛一种契约,
它给我的,
需要我的一部分生命作为交换。

它会老化，我会磨损。
我们都想占有更大份额，
因为只有那么多时间。

蝉在春天

此刻,我脚下的土里睡着许多蝉。
大地醒来,
但它们没有醒来。
种子都已出发,
蝉是泥土里唯一的睡眠者。
在地面上听不见它们的呼吸,
它们不知道春天已经开始,
自己错过了节日。

它们只知道等待一个
它们从未见过的夏天。
在那个夏天它们的日子也不会很久,
但它们为此做漫长的准备。

我们也不知道自己错过了什么。
在我们之前,故事早已开始。
在我们之后,故事仍将继续。

窗　口

当我赶到静园的时候，
发现自己又来迟了，
那两株玉兰已落了满地花瓣。
仍在枝头的几朵花，
如同白色的烛火即将熄灭。

我已经有很多年这样来迟。
花有自己的窗口，
一天天关闭着，
晚上暗沉沉的没有灯光。
某一天窗子忽然打开，
露出耀眼的面容。
不久它将重新关闭，
再一次打开将是明年的事。

一个人能有多少次看见玉兰盛开？
因为人也有自己的窗口，
那里的灯光也有暗下来的时候。

我羡慕风

我羡慕风,
然而它会被一面墙阻挡。

我羡慕大海,
然而它只能在自己的位置动荡。
它每天向岸边攀上来几米,
每天又退回原处。
有一块岩石在不远的地方,
还从未被它触及。

我羡慕太阳,
然而它需要每天早起,
沿着同一条路线向西行,
仿佛那里有它所渴望之物。

想到这些,
我仿佛得到了某种安慰。
我可能并不真的想成为它们。
而且它们从来不说,
"春天来了。"

诸　神

无所不能的诸神，
不会死，不会生出苍苍白发，
不会看见自己的鲜血流出，
不会匮乏。

他们的身体是另一种身体，
然而他们也喜欢飨宴，睡眠。
他们会不会做梦，会梦见谁？
他们不长谈，不下棋，不写诗。

无聊是他们的负担，
他们的生活没有形状。
没有令他们惊异的事，
就像石头落在大海里不会有声音。

也许因此他们愿意围观人类，
那些短暂而危险的生命，
仿佛怜悯，仿佛羡慕。

梦　中

我躺在床上，
像躺在一条独木舟中，
漂浮在黑暗的宇宙。

在一个遥远的地方，
是人们发射炮弹的时间，
就像他们小时候用弹弓打小鸟，
是人们死去的时间。

在另一个地方，
人们被亲人的噩耗击中，
白天哭泣，夜晚哭泣。

在很多地方，
病毒并不入睡，
静悄悄地寻找时机。

人类之外，花朵盛开。
花朵也不入睡，
它们不愿在夜晚合拢。

何须做梦呢?
世界已经在一个梦中。

去山中

有时需要去山中,尤其在春天。
离开人类,去寻找草木和鸟,
离开人的平地,
寻找不能耕种、不能居住的岩石。

山花像一万年前一样盛开,
仿佛不曾中断过。
树随意生长,更接近太阳。
寂静之中,一只蜜蜂过去,
发出直升机般的轰鸣。
蝴蝶过去的时候保持沉默。

在黄昏走下山,走近人间。
千万种声音从那里升起,
聚成无法散去的云。

在人间,人的床等待着他,
他没有做完的事,
几个需要他的人。
他需要填补自己留下的小小空缺。
而山中的夜晚是冷的。

春　雨

春雨轻轻。
因为新开的桃花，
碰一碰就会掉落。
而海棠即将盛开，
是不能惊扰的。

雨丝渗入大地，
进入干渴的根，
然后将顺着树干上来，
变成花朵。

风筝依然飘在空中。
雨仿佛一个无声行走的人，
世界几乎意识不到它的到来。
但水面上有它一圈一圈的足迹，
无穷地出现又消失，
仿佛神秘的文字。

绝对安全

我们不知道那是什么。
我们看见猫松弛地睡在床上,
没有梦。
我们小时候也许曾经如此,
后来我们忘记了那种感觉。

后来我们的世界变大了,
其中移动着远远近近的阴影。
像一个北方的房间,
已经关闭了门和窗,
但仍有风从看不见的缝隙吹入。

我不知道杜甫和我们
谁是更不安全的。
他住在深渊边上,
他看见了深渊中的花朵。
我们一天天行走在平原,
然而仿佛平原会随时醒来,
变成火山。

生活雕刻我们

我们是它正在进行中的作品。
这么多件,
处在各个阶段,
每一件都不同。

它奇特的斧凿,
使某处增加,
某处减少,
某处更加坚硬。

面容的变化是可见的,
现实主义的部分。
在灵魂深处,
一个人变成另一个人。

具有形状是困难的事。
那需要生活的准确的手,
和被雕刻者的配合。

我希望成为一片海,
我希望自己是那样的作品。

南极石

一块不在南极的南极石,
如同一尾出水的大鱼,
一只伏在地上的笨拙的鸟。

北方土地上的南极石,
忍耐着春天的繁花,
没有冰雪和企鹅的日子。

仿佛南极已消失,
只剩下它,
仿佛它被南极抛掷在此处。

在陌生的校园里,
被陌生的目光注视。

晚高峰的桃花

晚高峰的马路边,
站立着一树桃花,
仿佛站立在漩涡之中,
而每一朵都是安静的。

车里焦躁的人,
忽然看见它在窗外出现,
吃了一惊,
不明白它为什么在这里。

它像一个无法读出的词语。
它像一个先知站立在沙漠,
擎着许多花朵,
没有呼喊或责备,
只是沉默。

寻　找

如果只是想长久地活着，
其实人类不必如此辛劳。
水母，树，岩石，
已经先我们而做到。

也许我们另有任务。
我们仿佛失去了什么，
一直在寻找。
许多次以为找到了，
但发现并不是。

仿佛找一个做过的好梦，
于是有了我们那种迷惘的神情。

仿佛被派出的士兵走在路上。
道路有的正确，有的错误，
然而并无标记。

也许，当我们注视春天的花朵，
忘记了寻找，
在那一瞬间已经找到。
也许，我们每天都这样找到过许多次。

在人们一起艰难的时候

在人们一起艰难的时候,
像共同坐着一辆颠簸的马车,
树林和黑夜出现在正前方,
还看不见灯火。

这时我们都降低了对世界的要求。
在这个春天里活着,
就是一个人身上能发生的最好的事。
能看见花朵,则是额外的礼物。

双脚能站在大地上,
能在树下行走,
做春天的一部分,
这是我们能想到的最大自由。

只有春天能安慰我们,
不会受到伤害的春天。
同去年相比,
海棠花的颜色没有改变。

仿佛只有人世出现了裂缝,

当一株株枯树生出不同形状的叶子，
刚刚开始彼此区分。

散　忧

每个人在自己的漩涡里，
动荡在同一片大海。
自己的事，人们的事，
积成一团没有形状的忧虑。
它会生长，固结。
需要及时驱散它，
像风驱散浓雾。

可以去看人类的废墟，
看更加古老而不曾褪色的天空。
可以在无人的水边独坐，
看水上无穷无尽的波纹——
风的脚印。

可以去看比人类更短暂之物，
比如春天的花朵。
已经开到丁香了。
蒲公英短短地站在大地上，
俯下身才能看到它们。
它们也把黄金的酒盏献给太阳。

多　艰

人们与一个又一个困难战斗。
有时对手是一座山，
有时是一架钢铁的机器。

而人们只有血肉的身体，
和会被风吹散的声音。

有时天空加入对手的阵营，
降下冰霜，
在没有屋顶的头上降下大雨。

有时天空会帮助人们，
向他们微笑，
给他们黎明。

起风的时候

起风的时候,
风筝抓住自己的线,
鸟抓住脚下的树枝,
树抓住泥土,
房屋抓住地基。
母亲抱紧孩子,
怕失去孩子,
怕孩子失去自己。

大海里的船上,
旅客抓住身边的桅杆。
被吹落水中的人,
抓住别人扔给他的一块木板。

风吹得世界都摇晃了,
地平线正在倾斜。

万物屏息,等风过去。

就像战士需要一个敌人

就像战士需要一个敌人,
听到敌人死去的消息,
战士瞬间老去。

就像大海向陆地一次次冲锋,
开出无穷的浪花。
大海没能到陆地上来,
浪花是它的收获。

就像太阳在挣脱地平线的时候,
朝霞是它的旗。
正午,整个天空都是太阳的,
然而它沉默。

诗或许也如此,
夹缝中最宜于它生长。
仿佛世界喜欢微妙的平衡,
在左边得到的,会在右边失去。

布　偶

人们裹在复杂的织物中，
露出双手和头。
人们用这层外壳区分彼此，
因为他们是如此相似。

柜子里挂着人们的外壳，
就像阿基利斯的铠甲挂在墙上。
人们侍奉自己的外壳，
它们生出无穷的含义。

人们穿上它们，走进剧场，
各自的角色在等待他们。
人们投入到剧情之中，
演出不知是谁所创作的戏剧。

郊 区

郊区不断后退,
仿佛失败的军队。
公主坟,中关村,
如今只是高楼中的名字。
从前的稻田变得铁一般坚硬,
上面奔跑着铁的汽车。

汽车要驶出很久,
才来到今天的郊区。
路边的树上托着更多鸟巢,
房子渐渐变矮,
房子之间出现了缝隙。

然后会看见陌生的田野。
但已经有零星的高楼站在田野中,
如同新的树种。

或许草木正等待着反击,
它们已经派许多树在城市里扎根。

之 前

仿佛是很久以前了。
那时我们并没有认真看春天的花朵。
有很多我们想去的地方,
我们说以后再去。

我们就像孩子在沙滩上搭着城堡,
不知道一个大浪正从远方涌来。
我们的城堡被冲得七零八落,
我们中的一些人落入了水里。

我们与一种没有细胞核的生物战斗,
仿佛同影子战斗。
我们的计划很复杂,
而它最简单,
它甚至没有眼睛看见我们。

我们已经忘记了未来,
只想回到从前,
它仿佛闪着光。
就像陷在泥沼中的人,
只想再一次站在地面,
此外没有别的愿望。

无忧无虑者

猫躺在阳光里,
仿佛即将融化,消失。

孩子沉在睡眠中,
仿佛鱼在大海。

一个成年人躺在阳光里,
身上有阳光照不到的阴影。
他睡的时候,
也仿佛睁着警惕的眼睛。

他安慰自己说,
自己是房屋,挡住了风雨,
供猫和孩子居住。

燕　子

燕子在天空，
仿佛蔚蓝大海上的冲浪者。

你无意中抬头看见了一只，
朝更高远之处，
目力几乎无法抵达之处，
你又分辨出许多只。
它们的翅膀正划开白云。

几乎没有见过它们停在枝头，
仿佛它们是可以一直飞的。
不知道哪一天它们从千里外归来，
那一天并没有欢迎的仪式。

在高楼的森林之中，
它们把巢筑在哪里了呢？

它们回到这大城，
仿佛忠于这里。
北方的天空飞满了燕子，
每一个地方都有燕子忠于它，
仿佛那是世界上最好的去处。

幸而是春天

幸而这发生在春天,
花朵帮我们卸去了一部分重负。

如果是冬天,
人间的冰映着旷野的冰,
彼此发出回响,
人间的裂缝,
投影在天空的镜子里是一道深渊。

春天的花朵含着笑,
树都失去了棱角。
谁看见它们的时候能继续阴沉?
它们帮助我们,
而并没有因此减损光辉。
世界正在庆祝节日,
这时人类的事仿佛是一件小事。

翻 转

今天,在公园里,
像一些人一样,
我也仰卧在草地上。

世界翻转了九十度,
我发现自己面对着一朵白云。
几棵树的顶端,
在我的视野边缘摇曳,
其余的一切都消失。

那朵云也看见了我,
但它没有停留,
它慢慢向右移动。

大地托住我的后背,
使我不会掉落在虚空中,
我的后背感到大地的坚实。

我想这样入睡,
也许我会得到一个奇特的梦。
然而我需要起来直立行走了,
人的世界重新出现在我的眼中。

新　月

一枚银钩,
恰好挂一个梦。

一把两尖两刃的匕首,
它的柄隐没在黑暗中。

夜空的一个裂口,
一只没有完全睁开的眼睛。

一个神秘的符号,
缓慢移动的路标。

有了它,
夜空不会过于空旷。
万物有了可以仰望之物,
仿佛是无数目光把它打磨得如此鲜明。

桃花源的桃花

为什么有那么多桃花?
"芳草鲜美,落英缤纷,"
一株树与另一株如此相似,
让人忘记了自己在哪里。

为什么陶渊明把那么多桃花,
放在另一个世界的入口?
而那世界本身反而朴素。

他朴素的笔很少如此繁华,
那些迷梦一般的桃花。
像是海鸥只与无心者相遇,
那渔人第二次到来的时候,
桃花也消失。

平　衡

人是世界的一部分，
不是最重要的，
也并非最不重要，
就像太阳，就像沙粒。

旷野里的人渴望房屋，
房屋里的人渴望旷野。
人有时在窗子的这一侧，
有时在另一侧。

生的尽头是死。
但并非赛跑，
没有裁判在终点计时，
而是旅行，故事都在路上发生。

有时是白天，
有时是黑夜。
在黑夜里不能沉得太久，
因为白天需要我们。

元大都城墙

一个牌子上写着,
"保护文物,请勿攀登。"

我没有看见文物。
只有一个土丘,
没有开头和结尾,
像一个不完整的故事。

而且树早已攀登上去,
土丘上是一个松树林。
松树的根裸露在外,
紧紧抓住土丘,
仿佛怕它消失。

树的脚下摇曳着红花,白花。
无法区分哪一边是墙里,
哪一边是墙外。
征服了一切的,
终于也被草木征服。

夜里十一点

三个保安在小区门口下棋。
一辆快递员的电动车在寻找目的地。
一只狗出来放风,
它期待的时刻,
它最熟悉的是夜半的城市。

无人的超市里灯火通明。
理发店里店长在训话,
仿佛一个将军,
面对七八个不整齐的士兵。
几个人在麻辣烫的小车前,
专注地看着加工中的食物。

一个老人戴着口罩坐在路边卖花。
他快睡着了。
他的花如果今天卖不掉,
明天就要枯萎了。
一个捡垃圾的人正在搜寻一天的收获。
他们身后的绿化带里月季盛开,
夜给它们添了神秘。

暮 鸟

一只鸟从对面高楼的最顶端,
跃入空气,
像一个跳水运动员,
在下落几米后,
忽然打开翅膀飞翔。
灰的天空不妨碍它,
就像灰的海不妨碍游鱼。

鸟不恐高。
人的头顶,
在它们眼中没有差别。
它们许多次经过窗前,
但并不朝里窥探。
它们对人缺少兴趣。

无尽夏

去年买它回来的时候,
它是一块说不出形状的根,
和一块干木头没有差别。
它在花盆里静悄悄的,
只生出一条孤独的茎。

今年它怎么了?
从立夏那天开始,
它像焰火一样,
打开连续不穷的花朵,
仿佛要忠于自己的名字。

它的名字是一种祈祷,
愿夏天像好梦一样悠长。
因为夏天结束的时候,
它又需回到自己的根,
像休眠的火山一样寂静。

竹　笋

竹林周边有很多竹笋。
有的一米多高,像细木棍,
有的是刚从土里伸出的匕首。
它们还都不是竹子,
光秃秃的,没有一片叶子,
风吹来的时候没有声音。

它们想要成为竹子。
它们抓住春天的雨和光,
把这些变成自己的身体。
某一个时刻,
它们会发现自己有了第一片叶子,
如同一面旗帜。

外卖小哥的晚饭

他们奔驰在路上,
出入饭店,高楼,
把热的晚饭递到陌生人手里。
人们吃晚饭的时候,
恰好是他们最忙碌的时候。

晚上八九点钟,
我常常在一家面馆门前看见他们,
坐在花坛边上,
每人一碗刀削面。
今晚九点多,我看见
一个快递员把电动车支在马路旁,
骑跨在车上吃面。
汽车一辆辆从他身旁过去。
他很瘦,四五十岁的样子,
已经不能称为"小哥"了。

一株蜀葵

我每天都经过那株蜀葵,
它总是擎着高高低低的花。
今天,在长久的注视后我才发觉,
昨天我看见的花,
今天已枯萎,像收拢的绢扇,
前天的已抛掷在泥土里。
今天它开的是别的花,
还有许多花蕾在等待着。
它每天其实都不同,
只是在人的眼中难以分辨,
因为那些单独的花朵没有单独的名字。
会有一天,
它的花蕾都已用尽,
那时它会沉入静默,
会想起刚刚过去的夏天,
自己层出不穷的花朵。

放逐之地

他们被放逐到天涯
——潮州,柳州,海南岛,
走了很远的路去那里,
遇见别样的山川与人们。
他们相信,
自己从繁华走入了遗忘,
在天涯发生的事,
就像在梦中一样没有声响。
他们离开的时候是欢喜的,
也有的死在那里。
然而后来,
当地的人们一代代说着他们,
仿佛那里是他们的故乡。

哀屈原

在一切的起点，
站着一个绝不相同的人。

许多诗人分得了流亡的命运。
奥维德在黑海，
但丁在拉文纳，
然而他们忍耐着，
直到死神在异乡找到他们。

楚国的人们忍耐着，
等待转机。

后代的诗人们流亡到天涯，
学会了劝慰自己。
或许因为他们相信世界仍在，
自己要留住生命，等待归来。

而于他，整个世界正在沉沦，
他失去了可等待之事物。

如果屈原知道

如果屈原知道,
纵使自己得到王的信任,
他仍将和楚国一起沦落,
仍将失败,死,
因为世界正在倾覆,
谁的手臂能支撑它,
当一国一国如多米诺骨牌倒下;
当一切都向一个漩涡涌去,
谁能使之停止;

如果屈原知道,
很快就没有了楚王也没有了楚国,
世界被铲平;
如果他知道,千百年后,
他的诗是楚国留下的最珍贵之物,
当楚宫已化为尘土,
楚国的江山换过了许多主人;

如果知道了这些,
屈原会如何呢?

新　闻

一百年前，
人们一边吃早饭，一边看报。
昨日的世界收拢在几个版面中，
此外没有别的大事。

现在，新闻像雨一样从天空落下，
仿佛对世界做现场直播。
一个人一生不足以看完它们。
一条新闻在说出的瞬间已经陈旧，
昨日的世界陈旧得难以辨认。

空间站里的宇航员刷着新闻，
仿佛这样他就不会被世界遗忘。
他抬起眼睛看见窗外那颗蓝的星球，
它静悄悄的，如同一万年前。

宰 予

为什么会有这样一个学生？
他问的问题总是错的，
仿佛最好的老师也无法教导他，
许多美玉中的一块顽石。

他从孔门得到了什么？
他为什么要去那里？
然而如果没有他，
他的老师就不会说出那些流传至今的句子。

蝴　蝶

还有比晨光中的一只蝴蝶更脆弱的吗?
它几乎没有身体,
只有一对翅膀,
而那与鸟的翅膀本不应共用一个名字。
那是它在茧的长久黑暗里培植的,
两片比宣纸更薄的纸。

因为久在花中,
它染上了花的质地与色彩,
仿佛一朵花在空中飘摇。
它像花一样沉默,
没有能防身的武器。

或许因为这些,
人们无法说自己厌憎一只蝴蝶。
在千千万万的品类中,
庄周梦见自己变成了一只蝴蝶。

它是碰一碰就会坏的。
蛛网在等待它,
雨会打湿它,

大风会折断它的翅膀。
然而它现在这样完整，
在花中或停或飞，
仿佛知道自己的方向。

另一种视角

我走路,
每一步都需踏在地面上。
超过两米高之物,我需仰视。
我沉淀在对流层的底部,
紧紧贴着地壳。

我希望自己是一只高飞的鸟,
看见一个不同的世界。
我曾坐在飞机里穿过云层,
然而我捆缚在座位上,
乌云没有打湿我的翅膀。

游客们兴冲冲赶到青海的艾肯泉,
发现它只是一摊平常的水。
而经过它上空的鹰知道,
它是一只斑斓的眼睛,
注视着自己。

也许鹰不关心这些,
它的眼睛搜寻着草间的猎物。
我和它也许都错过了一些事,
我们的缺陷难以互相弥补。

夏天的麻雀

夏天的麻雀很瘦,
像斑驳的小纸片,
落在树上,草丛中。
可能因为热,
它们常常微张着嘴,
显出一种诡异的神情。

可能是它们青黄不接的时候。
它们可能与农人一样,
也期待着秋天。
夏天有很多阳光,叶子,荷花,
但都是它们不能吃的。

我看见一只麻雀衔了一小团食物,
用力甩着头想吃掉它,
就像小狗撕咬一块难啃的骨头。
后来它放弃了,飞走。
我走过去看,
是几颗粘在一起的饭粒,
像石子一样坚硬。

大自然要喂养这么多生命，
她常常是一位捉襟见肘的母亲。

生活压低我们的头

生活压低我们的头,
像驯服野马。
曾经的鹰在篱笆下啄食,
曾经的少年有几个睡在了土里。

那些弓着身体的老人,
就是这样被压低。
孩子们尖叫着朝天空跳跃,
他们的生活还没有真正开始。

我们安慰自己说,
低下头我们才看见自己的双脚,
在大地上一步一步缓慢移动。

我们说,
田里的劳动者,罗丹的思想者,
也是这样低着头的。

在史书的缝隙里

我看史书：
战役、结盟、篡弑、日食、大雨。
老百姓在干什么呢，
那些掉落在史书缝隙里的人们？
他们日出而作，日入而息，
是看到了日食而惊惶的人；
是被大雨冲毁庄稼的人；
是那些战役中死去的兵卒，
聚拢在一个数字里；
是又一次听到篡弑的消息
而无动于衷的人；
是没有墓碑的人，
后人不会挖到他们的遗物，
因为他们的坟墓里除了自己，一无所有；
是有名字，而我们无法知道其名字的人。
他们是一部几千年连续剧的群众演员，
他们共同的巨大身影，
从舞台的幕布上掠过。
他们是寻找裂缝的岩浆，
动荡的海水，
仿佛生生死死的故事之后
那唯一的不死者。

咕噜咕噜的猫

不养猫的人可能不知道那种声音。
那仿佛一串串笑的气泡,
从猫的身体深处升起,
咕噜咕噜,
然而它们脸上仍然是严肃的神情。
有的猫发出咕噜咕噜声,
像汽车发动机逐渐加速,
慢慢才能停止,
有的则收放自如。
不是吃罐头或晒太阳的时候,
而是当它们在某个房间里发现你,
仿佛久别重逢,
当你抚摸它们的时候,
咕噜咕噜的声音响起,
彩色的气泡从猫的身体一串串上升,
向四面八方飘去。

每一个日子只与我们相遇一次
——写于毕业季

每一个日子只与我们相遇一次,
仿佛吹过去的风,
仿佛一个人与我们相伴一天,
然后永远消失在人海。
然后明天到来,
总在我们没有准备好的时候,
神一只手送给我们礼物,
另一只手将它们取走。

于是我惊奇于我们的这小小角落,
惊奇于一本打开的书,
第二天仍然在同一个位置。
身边的人们依然在身边,
而告别的人们会在另一个时间重新相遇。

雨的迷宫

从天空垂下无数珠帘。
沉重的云在我们头顶,
把水揉碎了,洒到各处。

仿佛时间,
一秒钟一秒钟到来,
万物都得到它,然后失去它,
谁也无法抱怨,
就像雨打落的槐花无法抱怨。

我想在这珠帘的迷宫里,
一直走下去,
雨不会停,
我的路也没有尽头。
然而已经开始明亮,
燕子背靠天空开始巡航。
云卸去了负担,重新轻盈,
它们完成了这一次的使命。

最早的蝉

它们多年埋藏在土里,
像耐心的种子,像珍宝。
现在它们终于来到了
这有天空、树林和死亡的世界。

夜晚它们从土里出来,
仿佛一支无声的大军。
大地打开许多裂缝,释放出它们。

我不知道,为什么它们确信
这里值得那么久的等待。

曾经有一些孩子,
在蝉刚刚爬到树上的时候,
捉住它们。
现在他们不是孩子了,
而且已经懊悔。

没有蝉声的夏天是空落落的,
就像没有伴奏的舞蹈。
蝉的日子刚刚开始,
秋天遥远得仿佛来世。

夏日黄昏

夕阳把树影映在墙上,
一片散碎的金光。
叶子的轮廓都颤动着,不可分辨,
仿佛水波,
仿佛一幅动荡的织锦。
在无数面墙上映出这样的作品。
鸟的影子飞过,
是这作品的一部分。

世界像一个成熟的果实,
沉甸甸地,一点一点下落。
它即将完成又一个没有缺陷的日子。

天不会塌下来

天从未塌下来,
但人的天空有时会塌下来,
砸在他头上。
到处是空气,
但人有时无法呼吸。
道路像河网,通向四面八方,
但人有时无路可走,
世界广大,但他无处可去。
地铁里很多人,地面上很多人,
但人有时孤独。
太阳照着一切,
但人有时心里有一小块冰,
仿佛用身体保护着那一点寒冷。
鸟鸣,孩子欢笑,
但人有时听不见那些声音。

遇见月亮

我在路上走,
满心琐碎的事。
这时我忽然抬头看见了月亮,
仿佛一张脸,一道审视的目光,
仿佛一面镜子,
以它的清晰照见我的烦乱。
其实月亮一直在那里,
但我如同盲人。
这样一盏灯挂在天空,
必定是大有深意的,
就像一块刻着座右铭的石头,
即使蒙尘很久,
仍能够提醒和责备。

雨　后

松树的无数指尖挂着珍珠，
每一颗都即将坠落而尚未坠落，
每一颗都映着一个世界。

草叶仿佛新洗过的面容。
树下多了几枚来不及成熟的果实，
几朵没能抓住枝头的木槿。

夜深人静的时候，
那些珍珠将一一坠落。
在明天的朝阳里，
将找不到关于这一场雨的记忆。

海上仙山

无法在地图上标出的三座岛屿。
其实它们现在就漂浮在海雾中,
渔人隐隐约约望见它们。
它们不断改变位置,形状,
人靠近了,它们就漂远,
或者沉入水中。
鲸鱼在它们下面游弋,
海龟在它们的沙滩上酣眠。
它们深知人是什么,
不愿向他敞开自己的秘密。

雨中的树林

仿佛只有这里在下雨。
雨从树叶上纷纷落下,
顺着树干流下来,
从树干黝黑的褶皱里涌出来。
然而树叶属于特别的材质,
它们的反面是干爽的,
没有被雨浸透,
就像人的手不会被雨浸透。
湿漉漉的麻雀一边飞一边抖落水珠。
池塘里的石头上,
一只翠鸟站着看雨,
像一块若有所思的蓝宝石。
此前我从未见过它,
仿佛它是这场雨的一部分。

山中夏日

夏天的山中少有人来。
一两个人默然而行,
仿佛闯入了禁地。

草木不怕热,
以阳光为食,
每一片叶子
都比我上次来的时候扩张了。
一切都专注于生长。
山中的蝴蝶有更大的翅膀,
蚂蚁有更黝黑的躯干。

天空深远,
当心坠入其中。

深夜之城

我穿过熟悉的街道,
仿佛一条鱼在夜的海。
如同灯光暗下来的一个舞台,
人们的轮廓模糊,
人们的目光不再锐利。
他们不再匆匆赶路;
他们的衣服松弛,
不再像剑鞘一样包裹着他们。
他们出来放风,有的牵着狗,
他们使用的是自己的时间。
灰蓝的天空下,
城市几乎是平静的。

日落时刻

太阳落下去的一刻,
仿佛触碰了一个开关,
"嗒"的一声,
世界改换了色彩。

天空的火开始熄灭,
大地嘘出凉意。
在树下潜伏了一天的风,
自由行走。
一只布谷鸟的叫声露了出来,
像退潮的大海中露出一块礁石。

一些夜行的生物开始活动。
它们一直在等待落日,
就像失眠的人等待日出。

珠颈斑鸠的项链

每一只珠颈斑鸠，不论性别，
都戴着小珍珠串成的项链，
缠绕成时下最流行的 choker 样式。

它们不知道谁给自己戴的项链。
它们看不见自己的脖颈，
也没有镜子，
就像它们不知道自己飞的时候，
会展开几片白的尾羽，
就像花不知道自己的红。

它们也无法取下那项链，
在睡觉前将它放在身边，
因为那是它们身体的一部分。

谜　语

我们走在世界中,
仿佛走在一个谜语中,
它没有开始和结局。

火山在不可预知的地方爆发,
闪电撕开天空的任意一处。

也许并非世界将谜底隐藏,
也许它并没有谜底。
只在不断询问的人类面前,
它是谜语;
在别的生物面前,它不是。

大雨之前

一整块乌云笼罩大地,
乌云中活跃着闪电,雷声
和许多影影绰绰的形象。
乌云和大地之间灌满了风。
这一切不知来自哪里,
天空刚刚还那样蓝而光洁。

仿佛沉重的大幕合拢,
高楼感到了压力。
人们在地上仓皇行走,
树摇着头,
竹子摇着许多手指。

仿佛世界此时心情恶劣,
说不清自己是愤怒还是阴郁,
说不清该对谁愤怒,想打击谁,
于是它决心掷下一场大雨。

绿　湖

在无人的暑假，
湖发生了微妙的变化——
它更绿了。
说不清是湖水映绿了岸上的草木，
还是相反；
说不清水上水下，
谁是谁的影子。
柳树和草垂到湖里，
仿佛想钓鱼，想饮水。
岸被草遮没，
小岛上的树仿佛扎根在水中。

绿在湖里中断的地方，
是天空，
比湖上的天空更加深邃。
从一个天空落入另一个天空的，
是雨，
水落在水中，它最好的去处。

苍鹭从天空而来，
准确降落在翻尾石鱼上，
继续它寂寞的守望。

变　奏

时代的马车，穿过旷野，
看见炊烟，和一只吠叫的狗。

时代的火车，穿过山中，
看见沉睡的村庄，
和几盏尚未熄灭的灯。

时代的高铁，穿过平原，
平原向车后涌去，
世界仿佛一个巨大的漩涡。
一座座城市蓦然消失，
又蓦然出现。

于是我们的生命更快地过去，
虽然它仍不过百年的长度。

后湖的一朵荷花

田田的莲叶,
只有一朵荷花,
立在最深最远的角落。

仿佛它只能在寂静中开放,
人的注视会伤害它。

也许是今年最早的一朵,
也许是最后一朵,
仿佛湖的灵魂从水中升起。

鱼从它下面游过,
惊异于这耀眼之物。

新的公园

新的路，还没有印上许多脚印，
新的椅子没有剥痕。
新的草显得忐忑，
正在熟悉土壤。
树都不大，像找到新工作的少年，
被木架子扶着，仿佛怕跌倒；
矮矮的紫薇只有零星的花。
几个工人在烈日下侍奉草木。

明年，一切都会不同。
树会在土里扎下更深的根，
树荫会更浓密，
椅子和人则会变旧。

酷　暑

盛大的夏天会变成酷暑。
阳光烧成火,
大地热气蒸腾。
喜鹊羽毛焦枯,声音嘶哑。
萱草的花枯萎在枝头,
像一片片失败的旗帜。
人和鸟寻找树的荫蔽,
但树遮不住自己。
然而有一丛竹子依然青翠。
也许因为它们来自南方,
也许因为它们曾经忍耐过寒冬。

夜晚的河

只是一条小河。
然而在夜晚,
它显出了神秘。

路灯下的水在流。
灯光照不见的地方,
水积成深潭,
潭里涵着黝黑的树和天空。

坐在河边的人,隐在夜里——
在夜里,一切姿态都是允许的。

人声渐渐稀疏,
虫声渐密。
一只大鸟慢慢飞过河上,
仿佛被水中的天空吸引。

影

白天的树纷乱,
夜晚树变成剪影,
树枝仿佛花枝。

从夜晚的一棵柳树下走过,
要比白天需要更多时间,
穿过更远的距离。

一幢楼方方正正,
但它在水中的影子轻轻摇曳。

夜晚会变成白天,
人无法在影的世界停留。
但他仿佛去过了梦中,
得到了朦胧的记忆。

傍　晚

云垂向高楼，
又挣脱，
向天空攀升。

跑步的人跑步，
打球的人打球，
像昨天一样。

没有一场地震是世界性的。
火山的烟，只有周围的人们看见。

人们一直就是这样。
一日有一日的事要做，
仿佛终究要依着太阳月亮的节奏，
如同鸟兽，如同大海的潮汐。

与一颗星对视

透过一株小树的稀疏枝叶,
我看见了一颗星,
仿佛一只眼睛,
隔着树与我对视。
树叶在我头上三米,
再向上到那星,
是许多光年的距离。

它仿佛与我一样若有若无。
我面向它,
它同时面向许多世界。
它其实不是眼睛。
像一个燃烧的黑箱,
它其实没有看见我,
或任何事物。

遇到一只蝴蝶的时候

遇到一只蝴蝶的时候，
要给它让路——
也许它是你熟悉的一个人变化而成。
它忘记了从前的自己，
所以这样轻。

遇到一棵树的时候，
要点头致意——
也许它曾是你的师友。
现在你们注视彼此，
似曾相识。

尤其是那些新的蝴蝶，新的树，
你要更加留意。
它们舒展自己，
仿佛刚刚从大梦中醒来，
而我们还在梦中。

逝者抛弃自己的这一个身体，
像脱去一件旧的衣裳。
他去了哪里？

他可能已穿上一件崭新的华服,
然后我们再次相遇。

逐 日

如果以足够的速度向西奔跑，
就能追赶上太阳，
就能一直在阳光下，
不被从东而来的黑夜淹没
——黑夜涌上大地，如同潮水。
夸父这样想。
但人是会疲惫的，需要喝水，
太阳不需要喝水。
人在疲惫的时候会想躺下，
会厌倦太阳，渴望黑夜。
多赢得一天又多赢得了什么，
当这一天只是在奔跑中度过。

隔 离

单独在宾馆房间是隔离,
单独在山中也是,
或者每人一条小船,
每人一个大陆。

陌生的人们在地铁里挤在一起,
是另一种隔离;
或者人们一直认识彼此,
但不明白彼此。

星和星隔离,
宇宙和宇宙隔离。
它们不抱怨,
因为没有话要说。
而人们像一个个单独的降落伞,
寻找着地面的接收者。

秋天的云

秋天的云像奇异的花朵盛开。
然后它们合成一块漂移的大陆,
周围散布着岛屿。
云之间的天空,
有时如深井,有时如碧海。

如果摘下那些云,
或者用网捞取它们,
它们会变成水流走。

每一刻的云都不同。
有的正从虚无里诞生,
有的正散去。
不要试图给其中一朵起一个名字,
不要爱上某一朵——
它很快就会无法辨认。

深夜在小区走路

大部分窗口都黑了，
几乎能听见此起彼伏的鼾声。
人们不知道自己与别人这样近。
几个亮灯的阳台挂着衣服，
或是七八件，或是三五件，
偶尔有一株盆栽植物。

在楼与楼之间的夜空，
云迅速移动，
星缓慢移动。
地面上，草都睡了，
草间的秋虫在人走近的时候，
立即沉默。

一个小亭子里，
借着昏黄的路灯，
四个女人在打扑克，
仿佛在谁的梦中。

羁 绊

古代的高人解开羁绊,
变成白鹤在天空飞翔。

但我愿意有许多羁绊。
我愿意嵌入世间,
像一棵树扎根大地。
大风拔起树的时候,
一部分大地也被拔起,
留下一个坑洞,
仿佛呼喊的伤口。

在羁绊中,人会疲倦或疼痛。
然而白鹤也并不能阻止自己的生命流去。

一种群居生物

鹰独自立于高崖之上,
独自在天空飞翔,
不懂得寂寞。
虎在密林里独自行走。
但人无法离开别人,
就像无法想象一只独自生活的蜜蜂。
人同时希望挣脱别人,
希望成为鹰和虎。
人希望拥有只属于自己的名字和故事,
虽然他没有给每只蜜蜂起一个名字。

初　秋

蝉鸣停止，夏天落幕。
另一种虫鸣从草间响起，
一串一串，另一个主题的歌曲，
宜于几片最早的落叶。

太阳更疏远，云更高，
仿佛收回了关注的目光，
把世界交给微冷的风。

这一切之下，寂静在生长。
如同客人刚刚散去的一个院落，
留下的人听见了寂静的声音。

彩　虹

如果看见彩虹，
一定要站下，注视它，
因为它很快会消失。
然后天空仿佛什么也没有发生过，
云继续南行。

像海市蜃楼，像一个无声的梦，
像影子，像词语。
没有身体，没有重量，
不留下脚印或者灰烬。
只是一道弧形的光辉，
恰好弯在这一片天空。

山 声

在山中坐了一阵之后,
慢慢开始听见许多声音,
就像在黑暗中的人,
眼睛慢慢适应了黑暗。

远处的树林里有模糊的鸟鸣。
几只鸟投向深谷,
但鸟鸣不一定是它们发出的。

三只麻雀在我旁边的一棵树上跳跃,
都沉默着,
但我听见了翅膀的扑簌。

最后的几只蝉,
叫声时断时续。

一只山果落在水泥路上,
铿然一响。

吹过去一阵风。
整座山都颤抖了,
像许多琴弦被轻轻拨动。

凝　视

一分钟的凝视，
让我们看见一片叶子的脉络，
一只桃子身上的茸毛，
阳光里灰尘的舞蹈；
让我们认不出一个寻常的汉字，
认不出镜中的人；
让时间的河停止，
世界出现一道裂隙，
远方的风吹进来，
送来一阵鸟鸣。

然后一切恢复正常，
我们仿佛从一分钟的梦里惊醒。

诗是这样的凝视，
一道窄而锐利的光。

有时候疾病也是一种凝视，
当病者从人群的漩涡里退出。
床像磁石，吸住他沉重的身体，
一切都静止，如同图画。

只有他的眼睛是自由的，
看见窗外三米见方的天空。
病者获得了一种特权，
不过它只能偶尔使用。

后记：隐秘的欢乐

当代诗人的工作，与间谍有类似之处，也不能暴露自己的身份。当别人问你做什么的，哪一个诗人会说"我是写诗的"呢？我看见诗人们努力扮成正常人的样子，在人间的街市上行走，有时扮演得并不成功。

不会得到名利，有碍正常生活。然而写诗的人正如以往一样多。

也许因为诗有一种好处，是写诗的人立即得到的。那是一种隐秘的欢乐。当一个陌生的念头来敲门，正走着路、做着别的事的你，吃了一惊。你瞥见了一首尚不存在的诗。你终于回到自己的房间，喧哗退散，你拿起笔。你写，一遍遍修改。你仿佛安全，仿佛自由，对一切都有掌控。当没有一个字再需要修改的时候，你看见一件世上不曾有之物，仿佛上帝看着自己刚刚创造的世界。

当然，多少次，再过了一个月，你发现那首诗什么也没说出。就像一个人在梦中得到几句诗，半夜急忙写下来，天明的时候再看，不过平平。但这都不能抹除那当时就已兑现的欢乐。

体验过这种欢乐的人，怎么肯舍弃它？

就技艺的层面而言，诗与其他的技艺都相似。木匠，庄子说的那捕蝉的人，都能全神贯注，忘却世界，忘却自己。然而不让捕蝉者捕蝉，他不会觉得生无可恋。

也许在技艺之外，诗满足了写诗者的另一些需求：说出自己，留住生命。他看见一切都正在消失，自己正在时间的河里向下游而去。人们都在这同一条河上，却听不见彼此的声音。人们太忙了，已经很累，没有余力倾听别人。然而想说出自己的欲望在挫败之下，愈加强烈。

这样看来，写诗仿佛是自恋，但也可以不是。博尔赫斯说自己老年诗歌的题材，迷宫、镜子之外，又添上了伦理，每个人就是一切人。就伦理性来说，中国的诗人们在世界诗歌中是最独特的存在。陶渊明、杜甫、苏轼，是最好的诗人，也是最好的人。他们的诗最终是对世界的肯定，是容纳了矛盾与悲伤的动荡的智慧。

也许诗人在沉入自己的时候，其实是沉入了人类。他仿佛关进了自己的房间，其实是走入了众人共有的广大国土。说出那共通之物，就是诗人的贡献吧。毕竟，孤独工作的间谍，从来都是为别人服务的。

诗人可以控制词语，但诗来不来，却不是他能控制的。他最怕有一天无话可说，怕自己变成沙漠。如果被诗抛弃，那怎么办呢？

因为怕，所以我现在努力地写。

秦立彦
于北京大学

图书在版编目（CIP）数据

山火 / 秦立彦著. -- 武汉：长江文艺出版社，2023.5
ISBN 978-7-5702-3041-9

Ⅰ．①山… Ⅱ．①秦… Ⅲ．①诗集－中国－当代 Ⅳ．①I227

中国国家版本馆CIP数据核字（2023）第054455号

山火
SHAN HUO

| 责任编辑：谈　骁 | 责任校对：毛季慧 |
| 封面设计：祁泽娟 | 责任印制：邱　莉　王光兴 |

长江出版传媒　长江文艺出版社

出版：
地址：武汉市雄楚大街268号　　邮编：430070
发行：长江文艺出版社
http://www.cjlap.com
印刷：湖北新华印务有限公司

开本：880毫米×1230毫米　　1/32　　印张：7.75　　插页：4页
版次：2023年5月第1版　　　　　　2023年5月第1次印刷
行数：4230行

定价：58.00元

版权所有，盗版必究（举报电话：027—87679308　　87679310）
（图书出现印装问题，本社负责调换）